선생님도
선생님이
처음이라

스물넷 신규 초등교사의 교육 에세이

선 생 님 도
선 생 님 이
처 음 이 라

윤희상 지음

harmonybook

차례

1부 : 스물넷 초등학교 교사

2부 : 땀 흘리며 성장하는 시간

3부 : 마침표, 그러나 다시 반점이 되어

1부

스물넷 초등학교 교사

안녕하세요, 새내기 교사입니다

자전거를 타고 동네 한 바퀴를 도는 중에 모르는 번호로 전화가 왔다. 통화버튼을 누르니 선명하게 들려오는 목소리는 자전거의 균형을 잃게 만들었다.

"안녕하세요, 선생님. ○○초등학교 교감입니다."

올 것이 왔구나. 내 첫 학교를 알려주는 전화였다. 발령받을 학교에서 연락이 온 것이다. 순간 놀라 자전거를 세워둘 정신이 없었다. 자전거를 내팽개치고 두 손으로 휴대폰을 붙잡으며 들려오는 목소리에 집중을 더했다. 교감 선생님은 우리 학교로 오게 된 것을 환영하고 4학년 담임을 맡게 될 것이니 다음 주부터 출근하라고 하셨다.

전화를 끊자마자 인터넷에 학교 이름을 검색해보았다. 경기도 성남에 위치한 학교. 아직 방도 못 구했는데 다음 주부터 출근이라니. 성남에서 자취하고 있는 친구에게 연락해서 일주일 동안만 기생하겠다고 양해를 구했다. 그 주 주말에 여행 가방 하나와 함께 성남으로 떠났다. 교사의 삶을 향해 떠나는 길이었다.

자차가 없었기에 주말에 대중교통을 이용하여 내가 몸담을 학교를 한 번 가보았다. 적당한 크기의 5층 건물 두 동. 차마 정문 안으로 들어가진 못하고 주위를 돌며 학교 건물을 살펴보았다. 다음 주에는 내가 저 건물 안에 있겠지. 학교 주변을 지나는 초등학생이 눈에 들어왔다. 저 아이가 내가 가르치는 학생이 될 수도 있겠다는 생각이 들었다.

돌아온 친구 자취방에서 야식을 시켜 먹으며 이런저런 이야기를 나누었다. 대학교 기숙사에 다시 돌아온 기분. 두세 달 전만 해도 대학생이었는데 몇 개월 사이 내 신분이 바뀌다니. 그토록 바라던 꿈이었는데, 4년 동안 교육대학교에서 공부하고 임용고시를 붙은 후 발령이 났음에도 '선생님'이라는 단어는 내가 느끼기에 아직 어색했다. 그날 밤은 예상대로 쉽게 잠에 들지 못했다.

다음 날, 첫 출근을 알리는 알람이 얼른 준비하라고 말하면서 내 정신을 깨웠다. 씻고 나와 평소에 잘 입지 않는 정장을 입고 불편한 구두를 신으며 지하철역으로 향했다. 임용고시 면접 때 입었던 복장 그대로다. 벨트가 고장 나서 생활용품점에 들러 새 벨트를 사야 했기에 하마터면 지하철을 놓칠 뻔했다.

다행히 학교에 늦지 않았다. 첫 출근부터 지각했으면 아마 내 존재가 각인 되었겠지만 그러지 않는 편이 훨씬 나을 것이다. 전날 차마 들어가지 못했던 학교 정문을 이번에는 정말 들어갔다. 마음의 준비가 안 됐어도 들어가야만 했다. 교무실 문을 노크하고 들어가니 어떻게 오셨냐는 말에 최대한 긴장한 티를 내지 않으려고 노력했다.

"안녕하세요. 신규 교사로 발령 안내받고 왔습니다."

그리고 나는 나를 흥미롭게 쳐다보는 교무실의 눈동자들을 뒤로 한 채 바로 4학년 부장 선생님께 보내졌다. 부장님을 따라간 곳은 예상외로 연구실이나 교실이 아닌 주차장이었다. 바로 부장님 차를 타고 어디론가 출발했다. 어디로 향하는지도 모른 채. 차 안에는 이미 그 해 4학년을 함께할 선생님들이 타고 계셨다. 동학년 선생님과의 첫 만남은 그렇게 차 안에서 이루어졌다. 모두 40~50대 선생님, 어머니뻘이다. '어머, 내 딸보다 어려요.'라고 말해주는 선생님도 계셨다. 이제 갓 선생님 타이틀을 달았지만 그분들에겐 아직 어린 아이처럼 보였을 것이다.

그렇게 새내기 선생님과 엄마 선생님들이 도착한 곳은 대형 문구점. 개학 준비를 위해 학급 물품을 사러 가려던 중 신규 교사가 왔다는 소식에 부장님께서 나를 데리고 함께 간 것이다. 학급마다 사용할 수 있는 학급 물품 구매예산 20만원 안에서 학급 운영에 필요한 물품을 골라 담으라고 하셨다. 20만원. 대학생 때 받았던 한 달 용돈의 반이나 되는 금액이다. 출근한 지 1시간도 안 됐는데 학교 돈 20만원을 하루에 다 써야 하는 건가. 고민 끝에 담은 물품은 고작 볼펜 몇 개. 아직 20만원을 채우기에는 턱도 없다.

엄마 선생님 중 한 분이 신규 교사는 무얼 샀는지 궁금하셨는지 내 장바구니를 바라보셨다. 초라한 내 장바구니를 보시고 필요한 물품을 추천해주셨다. 학교 예산이니만큼 함부로 쓰지 말아야겠다는 생각이 들었다. 그렇게 교실에서 사용할 사무용품, 환경 게시판을 꾸밀 꾸미기 자료, 그리고 아이들이 사용할 보드게임을 사고 학교로 돌아왔다.

학교로 돌아와 각 교실에서 환경정리 시간을 가졌다. 드디어 내 교실에 처음으로 들어서는구나. 다음 주면 이 텅 빈 교실이 아이들로 꽉 채워지겠지. 지금은 비어있는 책걸상도 각자 자신의 주인을 찾을 것이다. 학교에 신규 교사가 출근했다는 소식을 듣고 궁금하셨는지 다른 학년 선생님들께서도 교실을 찾아왔다. 그러면서 부직포로 만들어진 시간표, 독서 성장판 등 환경 게시판 물품을 무료로 나눔 받았다. 그렇게 내 첫 교실은 아이들을 맞이할 모습으로 탈바꿈하고 있었다.

오후에는 반 아이들 명단을 받았다. 4학년 5반 25명. 내 반, 내 아이들이 생겼다. 그러나 아직 만나지 못해 얼굴을 모르기에 이름이라도 익숙해지려고 수시로 명단을 확인했다. 4학년 5반이니 '사오반'이라는 별칭을 붙여 부르기로 했다. 이후에는 교육행정 정보시스템인 '나이스' 아이디를 받아 간단한 사용법을 배우고 교육과정 프로그램 '이지에듀'로 연간시간표를 만들었다. 위의 두 개는 교대에서나 신규연수 때 배우지 못한 것이었다. 그 이후로 일주일의 개학 준비 기간 동안 엄마 선생님들을 찾아가 수시로 물어보고 사용 방법을 배웠다. 현장은 대학교에서 배운 내용과 다르다더니. 새로운 학교에 다시 1학년으로 입학한 기분이었다.

삶의 장소가 대학교에서 초등학교로 이동했지만 책임은 더해졌다. 가르침을 받는 학생에서 가르침을 주는 교사가 되었기 때문이다. 신규 교사는 사실 그 중간의 위치에 서 있는 것 같다. 이론으로 채워진 머리를 가지고 학교 현장에 투입되었기에 아직 배울 것이 많았다. 배움과 동시에 가르치는 입장이 되었다. 내가 맡은 사오반 아이들의 모습은 어떨까. 궁금하다, 빨리 보고 싶다, 말 잘 들었으면 좋겠다, 좋은 선생님이 되어야지 하는 설렘이 있었다. 동시에 신규 교사로서 처음의 그 서투름이 아이들의 교육적 성장에 방해가 되지는 않을까 하는 걱정도 가지고 있었다.

퇴근하기 전에 바라본 교실은 책상과 의자가 서로 줄을 맞추며 아이들을 맞이할 준비를 끝낸 듯 보였다. 학급 교육과정과 연간시간표도 완성되었다. 아이들도 다가오는 봄을 위해 새 학년 준비를 하고 있겠지. 정작 담임인 나만 준비가 안 되어있는 듯 보였다. 아마 처음 와보는 도시에, 생활할 집도 못 구한 상태에서 아이들을 맞이할 준비를 하려니 막연한 두려움이 조금 있었나 보다. 그 해 2월 말은 설렘과 두려움이 공존했던 겨울의 끝자락이었다.

3월 2일

사람이 온다는 건
실은 어마어마한 일이다
한 사람의 일생이 오기 때문이다

정현종 시인의 시 '방문객'의 일부이다. 사람 대 사람으로의 만남
이 얼마나 중요하고 가치가 있는지 노래하는 것 같다. 한 사람의 일
생이라는 시의 구절처럼 지금 이 순간 각자는 일생의 역사를 만들
어왔다. 그리고 2017년 3월 2일, 25명의 일생이 나에게 찾아왔다.

일반적으로 3월 2일은 새 학년이 시작되는 학교의 개학일로 인식
되어 왔다. 학생들은 새로운 학년이 시작된다는 설렘과 함께 길었
던 겨울방학이 끝나는 것에 대한 아쉬움을 메고 등교한다. 새 교실
에 들어서 어떤 아이들이 나랑 같은 반이 되었는지 살펴볼 것이고
곧이어 들어오는 담임 선생님이 어떤 분인지 눈으로 관찰하며 분위
기를 파악하기 시작할 것이다.

우리 학교는 선생님들이 각 교실로 일찍 출근해서 등교하는 아이
들을 반갑게 맞이해주기로 했다. 아침에 학년 연구실에서 개학 일
정에 대한 공지를 안내받고 8시부터 4학년 5반 교실에서 아이들을

기다렸다. 교사가 되고 맡는 첫 반, 첫 아이들. 25명의 일생을 오늘 만나게 되겠구나. 반갑게 맞이해줘야지.

텅 빈 교실의 적막함을 깨고 뒷문을 통해 키가 작은 여자아이 한 명이 들어왔다. 눈을 마주친 우리는 서로 흠칫 놀라 순간 멍하니 있었다. '안녕하세요.', '반가워, 어서 와요.'와 같이 예상했던 인사말들이 오고 가지 않았다. 개학 날 아이들을 맞이하는 경험이 없던 나에게 그 아이는 작고 귀여운 모습과 모순적이게도 어떻게 말을 걸면 좋을지 모르는 무서운 존재로 다가왔다. 정말 사람이 온다는 것은 어마어마한 일이었다.

곧이어 들어오는 아이들과도 비슷한 순간이 이어졌다. 나랑 눈이 마주친 대부분의 아이들은 흠칫 놀라거나, 몇 초간 멍하니 서 있거나, 힐끔힐끔 눈치를 보며 자기 자리를 찾아갔다. 그런 순간이 25번 이어졌다. 나중에 아이들에게 들은 말이지만 남자 선생님이 처음이라서, 게다가 젊었으므로 신기해서 어쩔 줄 몰랐다고 고백해주었다. 나도 너희들이 처음이어서 어쩔 줄 몰랐다 얘들아.

아이들은 4학년이 처음, 나도 4학년 담임이 처음인 하루. 자기소개를 주고받고 어색한 분위기가 서서히 풀리고 있었다. 선생님에 대해 궁금한 점 없냐는 나의 물음에 아이들은 서로 눈치를 보더니 용기 있는 한 아이의 질문을 시작으로 교실은 인터뷰 현장이 되었다.

"선생님 나이가 몇 살이세요?"

"결혼하셨나요? 여자 친구는 있으세요?"

"집이 어디신가요?"

"선생님 키랑 몸무게 알려주세요."

궁금한 점 질문하라고 했으면서 다 '비밀'이라고 답했다. 아이들은 아쉬워했지만 모든 질문에 솔직하게 답해주었다면 여기저기 내 신상과 정보가 알려졌으리라. 나에 대해 호기심을 갖는다는 것은 앞으로 우리 반 교사-학생 관계에 있어서 긍정적일 것이라는 신호로 읽혔다.

그날은 처음 마주하는 대상이 많았다. 25명의 영혼들뿐만 아니라 아이들의 질문 공세만큼 업무 메신저로 여러 부서에서 쪽지가 날아왔다. 우유급식 희망 조사서, 개인정보 동의서, 각 반 청소 배치도, e알림장 사용법 등 익히고 나누어 줘야 할 안내장도 속속히 교실로 도착했다.

정신 바짝 차려야 했던 하루. 어떻게 하루가 흘러갔는지 정확히 기억나지 않는다. 정신을 차려보니 이미 아이들은 내일 보자고 약속하고 하교한 상태였다. 밀물이 되어 훅 들어왔다가 다시 썰물처럼 사라진 빈 교실, 내 자리에 앉았다. 그리고 우리의 첫 만남을 기념하여 찍은 단체사진을 보면서 25명의 얼굴과 이름을 외웠다.

3월 2일은 아이들에겐 새 학년이 시작되는 개학날이지만 나에게는 개학과 더불어 내 생일이기도 하다. 때문에 선생님, 학부모, 학생 할 것 없이 새로운 환경에 적응하느라 정신없는 3월 2일은 전부터 내 생일을 챙길 여유가 없었다. 가족이나 제일 가까운 친구들로부터만 축하를 받곤 했다.

따라서 나는 학교 다닐 적에 개학과 함께 생일을 맞이했고 생일선물로 좋은 친구들과 선생님을 만나게 해달라고 기도하곤 했다. 그리고 이제는 좋은 아이들을 만나 좋은 선생님이 될 수 있게 해달라고 기도한다. 그해 3월 2일, 나는 25명의 아이들을 생일선물로 받았다.

선물 포장을 풀면 기대했던 것과는 달라 실망하는 장면이 있긴 하지만 앞으로 아이들이 어떤 모습을 보여주든 실망하지 않으려 한다. 불완전한 존재이기에 교육이 필요한 것이고 나 또한 불완전한 선생님이므로.

퇴근을 하고 매일 메뉴가 달리 나오는 가정 식당에서 저녁을 해결했다. 혼자 맞이하는 생일상이었지만 감사하게도 그날 메뉴로 미역국이 등장했다. 조리사 아주머니께 '제 생일인 거 어떻게 아시고 미역국을 준비하셨어요.'라며 너스레를 떨었다. 아마 그렇게라도 축하를 받고 싶었나 보다.

저녁을 먹고 집으로 돌아와 휴대폰을 확인해보니 가족과 대학 동기, 선배들에게 생일 축하 메시지가 쌓여있었다. 각자의 학교에서 나처럼 새로운 아이들과 정신없는 하루를 보낸 동기들일 텐데. 고마웠고 보고 싶었고, 그랬다. 23번의 3월 2일 중 가장 의미 있는 3월 2일이지 않을까.

그중 최고의 생일선물은 단연 25명의 우리 반 아이들이다. 사람이 온다는 건 실은 어마어마한 일이다. 한 사람의 일생이 오기 때문이다.

선생님과 연예인 그 사이

첫 발령 학교는 초등학교 교사의 개인적 역사로서 의미 있는 부분을 차지한다. 선생님으로서의 삶이 비로소 시작되는 장소이기 때문이다. 우리 학교 또한 나의 첫 발걸음을 신선하게 받아드린 듯하다. 학년을 막론하고 선배 선생님들은 내 교실로 직접 찾아와 인사해 주셨고 복도에서 교실 창문을 통해 힐끗힐끗 나를 관찰하려는 다른 반 아이들의 눈빛을 느꼈다.

가끔 고학년층 복도를 지나갈 때는 5-6학년 아이들로부터 신기함과 놀라움의 목소리를 담은 인사를 받았다. 5-6학년 선생님들은 고학년 아이들이 날 보고 싶어 한다는 이야기를 해주셨다. 그동안 학교에서 보지 못했던 '젊은 남자 선생님'은 아이들의 호기심을 자극하기에 충분한 존재였다.

우리 반에서는 집이 어디냐고 묻는 아이들의 끊임없는 질문을 '비밀'이라는 방패로 막아내고 있었다. 한해살이를 함께해야 하기에 나에 대한 궁금증을 조금씩 천천히 풀어주려고 했다. 그러나 11살 4학년 아이들의 호기심을 과소평가했는지 퇴근길 나를 미행하는 우리 반 ○○이를 발견했다. 진작 날 따라오는 걸 눈치챘지만 본인은 들키지 않았다고 확신하는 듯 셜록홈즈가 되어 날 따라오고 있었다. 모퉁이를 꺾자마자 다음 모퉁이로 뛰어 들어가 아이를 따돌렸다. 다음 날 교실에서 친구들에게 '선생님 몰래 따라가고 있었는데 갑자기 사라지셨어.'라고 말하는 ○○이의 목소리를 들었다.

수업을 모두 마치고 아이들이 하교하는 시간에 △△는 '안녕히 계세요.'라고 인사하면서 휴대폰으로 나를 찍었다.

"어? 선생님 사진 함부로 찍는 거 아닌데."

"우리 엄마가 선생님 궁금하대서 사진 찍어 보여 드리려고요."

"그래? 그럴 땐 허락을 맡아야지. 잘 찍었는지 보자. 뭐야 이상하게 나왔잖아. 잘 찍어줬어야지. 줘봐, 선생님이 찍어줄게. 이걸로 어머니 보여드려."

그러고는 아이의 휴대폰으로 카메라 어플의 필터를 설정하여 셀카를 찍어주었다. 이미 학부모들은 초임의 젊은 남자 선생님이 새로 왔다는 소식을 아이들을 통해 전해 들었을 것이다. 상대적으로 여자 선생님들이 많은 초등학교에서 남자 선생님은 여러모로 필요하고 학부모에게 선호의 대상이 된다고 한다. 기대를 한 몸에 받고 있는 몸이었다.

그런 기대에 비례하여 잘하고 싶다는 욕심과 잘해야겠다는 부담이 같이 나타나고 있었다. 구체적으로 무엇을 잘해야 하는지 스스로 알기에는 아직 미흡한, 발령 난 지 이제 겨우 한 달 된 초임의 신규 교사. 그저 아이들과 학부모에게 좋은 선생님이 되어야겠다는 마음이었다.

또다시 고학년 교실이 있는 복도를 지나갈 때 5학년 여자아이가 다가왔다.

"선생님 사인해주세요!"

그리고는 종이와 펜을 내밀었다. 세상에 사인이라니. 잠깐, 정말 아주 잠깐 내가 학교의 연예인인가 착각이 될 정도로 훅 들어온 종이와 펜.

연예인도 아니면서 사인을 해주는 것이 맞는 걸까. 사인을 해준다면 아이들이 주는 관심에 괜히 우쭐해지거나 선생님의 정체성을 잃어버리진 않을까. 그렇다고 내가 뭐라고. 아이의 이 간단한 부탁을 거절할 비싼 존재였던가. 짧은 순간에 사인을 해줄지 말지에 대한 주제를 두고 머릿속에서 토론이 오갔다.

그래, 어려운 일도 아닌데. 거절하는 것도 이상하다고 생각해서 내 이름을 적어주었다. 아직 공문서나 결재받을 서류에 사인해본 적도 없는데 그렇게 학교에서 내 첫 서명은 그 아이가 가져갔다. 그 모습을 본 우리 반 아이가 사오반으로 들어가 '와! 우리 선생님 사인해주신다!'라고 외쳤다. 아이들은 일제히 '나도 받을래!'하면서 내 자리에 한 줄로 길게 줄을 섰다.

말도 안 돼. 사인 한 번이 사인회가 되는 광경이었다. 다른 반 아이한테는 해줬는데 우리 반 아이들에게 안 해 줄 수 있을까. 안 해준다고 하면 지금 내 앞에 종이와 펜을 들고 있는 우리 반 아이들이 엄청 뭐라고 하겠지.

"얘들아, 우리 매일 보잖아. 무슨 사인을 해."

"5학년 누나한테는 해줬잖아요!"

나의 말에 예상되는 반박이 돌아왔다. 그렇게 점심시간에 뜻밖의 사인회가 사오반에서 펼쳐졌고 나는 25명에게 내 이름을 적어주었다. 한 아이는 내 사인을 받고 자리로 들어가면서 '오예. 선생님 사인 5학년 누나한테 500원에 팔아야지.'라고 말했다. 너 그러려고 사인해달라고 한 거였구나. 아이들은 웃었고 그렇게 나는 사인 하나에 아이들과 좀 더 가까워지고 있었다.

이름 한번 써주는 것이 아이들을 이토록 웃게 할 수 있다니. 초임이기에 가능한 일이겠지. 그 기분이 나쁘지 않았다. 가수 싸이의 노래 중에 '그대의 연예인이 되어 항상 즐겁게 해줄게요.'라는 가사가 등장한다. 그날 아이들 눈에는 내가 연예인으로 보였을지 몰라도 나는 어디까지나 사오반을 맡은 담임이었다. 그래서 연예인 말고 선생님으로서 아이들을 웃게 해주려고 한다. 사인으로 아이들의 환심을 사는 것이 아닌 잘 가르치고, 잘 보듬어주고, 잘 지내면서 좋은 선생님이 되고자 한다.

'언제나 처음 같은 마음으로.'

- 싸이 「연예인」 中

아무도 날 구하러 오지 않다니

　교내 전체에 날카로운 사이렌이 아이들의 귀를 때리기 시작한다. 기다렸다는 듯이 아이들은 신속하게 남녀 한 줄씩 서서 교실 뒷문으로 대피한다. 빠르지만 천천히. 그러니까 신속하지만 조심스럽게 계단을 내려가면서 운동장으로 나간다. 운동장의 밀도는 학교 건물에서 나오고 있는 아이들로 채워지고 있었다. 한 달에 한 번 재난대피 훈련이 있는 날이다.

　재난대피 훈련이 있는 날에는 아이들에게 미리 공지를 하고 예상 시나리오대로 진행이 된다. 그날 설정된 재난은 '지진'이었다. 전달받은 대피 훈련 매뉴얼에는 대피 시 일어날 수 있는 상황에 대비하여 '부상자'와 '도움이' 역할을 하는 학생을 선정하라고 되어있었다. 자원을 받아 부상자는 사오반 말썽꾸러기 ○○, 도움이는 사오반 학급회장 △△이가 맡았다.

　사이렌이 울리기를 기다리면서 교실 내에서도 시뮬레이션을 진행했다.

　"지진이 감지되었다!"

　나의 외침에 아이들은 역할에 몰입하여 책상 밑으로 몸을 웅크리고 들어갔다. 좀 더 생생함을 심어주기 위해 나는 아이들이 숨어있는 책상 위를 두드리며 입으로는 '우꽝쾅꽝' 지진 효과음을 냈다. 진지하게 임해야 할 대피 훈련이기에 극적인 상황을 연출하려고 한 시도였는데 책상 아래에서는 키득키득 웃는 소리가 들렸다. 지진 역할을 담당하는 내 모습이 웃겼을 것이다.

그러던 중 □□이가 책상 위로 고개를 내밀고 또랑또랑한 목소리로 말했다.

"선생님은 책상 밑으로 대피 안 해요?"

"어, 선생님은 너희 살려야 해서 맨 나중에 대피할 거야."

그 말에 우- 하며 야유를 보내는 장난기 많은 아이들. 반면에 오-하며 감탄하는 아이들. 아무래도 진지한 대피 훈련은 실패한 것 같다. 곧이어 사이렌이 울렸고 맨 나중에 대피한다던 나는 그런 말 하기가 무색하게 맨 앞에서 아이들을 인솔하며 운동장 밖으로 나왔다.

운동장 뒤쪽에 반마다 자리 잡아 앉으면 담임 선생님들은 모두 안전하게 대피했는지, 부상자는 없는지 학급 인원수를 확인하고 보고한다. 줄 맞춰 앉아있는 우리 반 아이들을 세어보니 이런, 25명이어야 맞는데 23명이다. 누구지 두 명. 분명 같이 나왔는데 어디로 간 거지. 아찔함이 머릿속을 스쳤다. 아이들을 앉혀놓고 온 길을 되돌아갔다. 우리 반으로 향하는 계단을 올라가던 중 익숙한 목소리가 들렸다.

"너라도 먼저 대피해. 난 글렀어."

"포기하지 마. 우리 같이 살아남자!"

△△이가 ○○를 부축하며 계단을 내려오고 있었다. 둘은 부상자와 도움이 역할에 충실하며 연기를 토해내고 있었다. ○○는 한쪽 다리를 들어 다리 다친 부상자 역할에 몰입해있었다. 어디선가 재난영화에서 본 듯한 대사를 서로 주고받으면서 내려오고 있던 것이다. 이 장면을 감동적으로 바라보아야 할까 아니면 혼을 내야 할까. 진지하게 연기했다는 뜻은 대부분이 귀찮아하는 재난대피 훈련에서 맡은 역할에 책임을 다했다고 봐도 될 것 같다.

　　나는 ○○의 다리에 살짝 손을 데어 선생님이 이제 치료했으니 빨리 가자고 말하면서 둘을 데리고 나왔다. 그렇게 대피 훈련은 모두 안전하게 탈출한 것으로 마무리가 되었고 다시 교실로 들어가야 하는 시간이 찾아왔다. 그러나 아이들은 [교실로 들어간다] = [공부한다] 공식을 잘 알고 있었기에 운동장에 더 머무르고 싶어 했다.

　　"선생님 진짜 들어가요?"

　　"선생님 오늘 날씨가 좋네요."

　　"피구하기 딱 좋은 날씨에요."

　　한마음으로 온갖 애교를 부리면서 나를 설득하기에 나섰다. 그리고 나는 아직 그 애교 바이러스에 항체가 형성되어 있지 않은 초보 담임이었다.

　　원칙과 융통성에서 고민해야 할 때가 종종 찾아온다. 학급 교육과정은 정해진 시간표대로 움직이지만 필요에 따라 유연성 있게 조절할 수 있다. 원칙대로 교실로 들어가서 수학 진도를 나갈 것이냐,

이미 어수선한 분위기이니 나온 김에 체육활동을 좀 하다가 들어갈 것이냐 하는 갈등. 담임의 최종 결정을 기다리는 아이들의 눈빛이 간절했기에 결국 나는 백기를 들었다. 돌이켜 생각해보면 이들은 내 첫 아이들이었고 잘해주고 싶은 마음에 아이들이 조르면 져준 적이 많았던 것 같다.

재난대피 훈련이라는 단어가 가지는 분위기와 대조적으로 그날 날씨는 아이들 눈동자만큼이나 맑았다. 적당히 기분 좋은 세기의 햇볕이 내리쬐었기에 '피구하기 딱 좋은 날씨'를 부정할 수 없었다. 계획에 없던 체육수업을 하면서 아이들에게 '이렇게 우리가 안전하게 대피를 해야 재미있는 체육수업도 할 수 있다.'라는 말을 해주었다. 교육적인 메시지를 담고자 했는데 그 말이 잘 전달되었는지 모르겠다. 이미 아이들은 공을 던지고 주고받으며 피구에 열중하고 있었다.

그로부터 몇 주 후, 점심시간에 학년 연구실에서 엄마 선생님들과 간단한 협의회를 하는 중이었다. 갑자기 앉아있는 의자, 책상을 포함해 연구실에 있는 모든 것이 흔들렸다. 실제로 지진이 일어난 것이다. 재난대피 훈련 때 연출했던 책상 두드리는 소리와는 체감이 달랐다. 갑작스럽게 찾아온 불청객으로 놀란 선생님들은 말없이 서로를 바라보다가 곧이어 각자의 교실로 뛰어가기 시작했다. 그것은 이성적인 판단에 따른 것이 아닌, 담임이라면 위기 상황에서 내 반 아이들이 먼저 생각나는 본능에 가까운 움직임이었다.

도착한 우리 반에는 아무도 없었다. 이런, 다들 어디로 간 거야. 훈련했던 대로 책상 밑으로 숨었나? 아니었다. 창문 너머 운동장으로 나오고 있는 아이들이 보였다. 그중에 우리 반 아이들도 있었다. 모두 지진을 감지하고 운동장으로 대피하고 있던 것이다.

실내화를 신은 채 우리 반 아이들이 모여있는 곳으로 달려갔다. 웅성웅성하는 소리. 아이들은 서로 자기가 느낀 지진에 대해 흥분된 표정과 격양된 목소리로 이야기하면서도 정해진 자리에 잘 앉아있었다.

"선생님, 저희 25명 다 왔어요. 다친 사람 없어요."

나를 발견한 △△이가 말해주었다. 모두 어디 있었냐는 말에 대부분 교실에 있었다고 했다. 기특한 녀석들. 가르친 대로 알아서 잘 대피했고 인원 확인, 부상자 확인까지 했다니. 고맙기도 했다. 한 명씩 얼굴과 이름을 읊조리면서 다시 인원을 확인하니 긴장한 아이들의 표정이 보였다. 분위기를 풀어주기 위해 웃으면서 아이들에게 말했다.

"다들 모두 살아있지? 연구실에 선생님 있는 거 다 알면서 아무도 날 구하러 오지 않다니!"

긴장감은 점차 웃음으로 덮이며 희미해졌다. 말은 저렇게 했어도 속으로는 칭찬해주고 싶은 마음으로 가득했다. 선생님이 올 때까지 기다리거나 '선생님 대피해요, 말아요?'라고 지시를 기다리지 않고 위급상황에서 스스로 판단하여 행동했기 때문이다. 아무도 날 구하러 오지 않았다는 것은 아이들 모두가 자기 자신을 잘 지켰다는 뜻이기도 하다.

그날 지진의 진원은 포항에서 발생하여 경기도까지 전달된 흔들림이라고 한다. 다음에도 이날과 비슷한 날이 또 올까. 언젠가는 지진이 아니더라도 대피할 상황이 또다시 올 수도 있겠지. 그럴 때면 아이들이 나를 찾지 말고 오늘처럼 스스로 대피했으면 좋겠다는 생각이 들었다.

안전 교육의 중요성을 다시 한번 깨닫는 하루다. 아이들도 나와 같은 교훈을 배웠을 것이다. 위급상황에서 먼저 떠올린 사람이 우리 반 아이들이라니. 나도 점점 '담임 선생님'이라고 불릴 자격이 되는 그 모습에 가까워지는 듯했다.

구겨진 도덕책

응 아니야.

쉬는 시간에 아이들 사이에서 종종 들려오는 말이다. '응'이라고 해놓고 바로 '아니야'라고 하는 건 뭘까. 인터넷에서 유래된 상대방을 무시하는 뜻의 비속어이다. 이외에도 우리 아이들은 학교 안에서 많은 비속어와 은어를 주고받는다. 아이들과 세대 차이가 크게 안 난다고 생각했던 나도 못 알아들을 때가 많다.

그래서 어떤 교실은 비속어 목록을 작성하여 교실에서 말하기 금지라고 규칙을 정해놓은 반도 있다. 나도 우리 반 아이들이 비속어를 사용하면 따로 불러 상담하거나 청소를 담당하게 하는 등의 방법으로 멍들어있는 언어습관을 치료하려고 나름 애쓰고 있었다.

그날도 어김없이 쉬는 시간에 아이 두 명이 내 앞으로 왔다. ◇◇와 □□이. 둘이 말로 다투고 있길래 그들의 이야기를 들어보려고 내가 부른 것이다. 나는 차례대로 한 명씩 말 할 수 있는 기회를 주었다.

"얘가 먼저 ○○라고 놀렸어요."

"얘가 먼저 저한테 ○○라고 불렀어요."

급식시간에 줄 설 때는 '내가 먼저'인 아이들이 이럴 때는 "네가 먼저'가 된다. 아주 배려가 넘치는 상황이다. 위의 말에서 동그라미에 들어갈 수 있는 단어는 대부분 비속어와 욕이다. 아이들 사이에서 갈등의 시작은 입에서 나오는 말로 인한 것이 대부분인 것 같다.

감정이 태도가 되어서는 안 되는데 아이들이 내 앞에서조차 '네가 먼저'라고 서로를 향해 목소리를 높이면 나 또한 감정적으로 목소리를 높여 다그치게 된다. 소리를 지르게 될 때도 있다. 왜 우리 반은 맨날 싸우는 걸까. 비속어로 가득 찬 교실과 풀리지 않는 상황에 대해 화가 났다. 하 X발. 답답한 마음에 내 입으로 나오려고 하는 저 욕을 속으로 삼켰다. 아이들에게는 욕하지 말라고 가르치면서 속상한 상황에 대해 속으로 욕하고 있는 담임이었다.

서로에게 말로 상처 주지 말자고 ◇◇랑 □□이와 약속했다. 똑같은 약속을 아이들과 매일매일 하는 초여름이었다. 두 아이를 제자리로 돌려보내자 4교시 시작을 알리는 종이 울렸다. 아, 이렇게 내 쉬는 시간이 갔구나. 아이들에게는 쉬는 시간이지만 교사에게는 아이들 상담 시간이다.

4교시는 도덕. 수업을 시작한 지 5분도 채 되지 않았는데 누군가의 입에서 나온 '관종', '돼지'라는 단어가 내 귀로 도착해 신경을 거스르게 했다. 이번엔 앞자리에 앉아있는 ○○와 △△이. 둘은 서로를 관종, 돼지라고 부르면서 말다툼을 하고 있었다. 그것도 수업 시간에. 둘의 책상을 보니 아직 도덕책도 펴지 않았다. 이번엔 소리치며 혼내지 말아야지. 스스로 나에게 다그쳤다.

이론으로 가득 찬 내 머릿속에서는 이성적인 판단을 내리려고 애쓰고 있었다. 문제행동을 보일 때 나중에 그 문제를 들추는 것보다 바로 피드백을 주는 것이 효과적이라고 배웠는데. 그럼 지금 이 둘을 불러서 상담하는 것이 맞을까. 이 둘을 지금 상담하면 그동안 수업은 누가 하지. 다른 아이들의 학습권을 빼앗는 건 아닐까. 그 짧은 순간에 담임으로서 최선의 교육적 선택을 하려고 노력했던 것 같다.

나는 아이들에게 오늘 공부할 도덕 교과서의 분량을 정해준 뒤 자습을 시키고 ○○와 △△이를 데리고 복도로 나왔다. 복도에서 우리 반 창문을 통해 아이들이 조용히 잘하고 있는지 지켜봄과 동시에 그 둘의 이야기를 차례대로 천천히 들어주었다.

결국은 또다시 얘가 먼저. 갈등의 원인은 언어의 표현에 있었다. 네가 먼저라고 하기 전에 내가 먼저 좋은 말을 쓸 수는 없는 걸까. 언어는 온도를 가지고 있다는데 우리 아이들 언어의 온도는 대체 몇 도인 걸까. 비속어로 곪아 있는 우리 아이들의 관계에서 내가 할 수 있는 것은 임시방편적인 상담으로 반창고를 붙여놓는 것밖에 없었다.

쉬는 시간에 했던 서로에게 말로 상처 주지 말자는 약속을 한 번 더 한다. 며칠이 지나면 그 약속이 깨질 걸 알면서도 아이들에게 끈질기게 그 약속을 받아낸다. 그리고는 다시 교실로 돌아가 도덕책을 폈다. 이미 수업 시작 후 시간이 15분이나 지났다. 아이들의 언어는 비속어로 멍들고 수업도 제대로 못하고. 속상하고 화도 났으나 그래도 선생님이기에 아이들을 가르쳐야 했다.

"스스로 잘하고 있었지? 잘 공부하고 있었는지 확인해보자. 도덕 교과서에 쓰여 있는 첫 번째 질문, 에너지를 보존하려면 어떻게 해야 할까? 발표 해 볼 사람?"

질문을 던지자 ☆☆가 키득거리며 말했다.

"몸에 있는 에너지를 아끼기 위해 집에 가만히 누워있어야 해요."

장난스러운 발표. 친구들을 웃기려고 했는지 선생님의 기분을 풀어주려고 했는지 모르겠지만 어쨌든 수업 주제와 어긋난 발표. 평소였다면 그 정도는 충분히 웃으며 넘어갈 수 있었는데 하필이면 비속어 사용으로 화나있는 그날, 비속어 사용을 자주 했던 ☆☆이의 발표.

☆☆이의 말이 끝나기 무섭게 교탁에 있는 도덕책이 교실 바닥에 매섭게 내리꽂혔다. 내가 던진 것이었다. '아이 씨-'하는 신경질적인 말과 함께 말이다. 하마터면 '씨-' 다음에 오는 단어를 말할 뻔했다. 도덕책을 던지고 나서 '아, 큰일 났다.'하는 생각이 바로 들었다. 아이들 앞에서 선생님이 책을 던지다니.

아차 하는 그런 생각에도 불구하고 내 화는 사그라들지 않았다. 잘 참고 있었던 감정이었는데 ☆☆이의 장난스러운 발표가 스위치가 되어 폭발해버린 것이다. 이럴 때 사용하라고 '선생님 폭발했다'는 표현이 생겨났나 보다. 책을, 그것도 도덕책을 던지며 '이 씨.'라니. 이 정도면 그냥 폭발이 아니라 교실에서 터진 핵폭발이다.

감정이 격해지니 화는 마치 용암이 된 듯이 내 얼굴을 붉게 만들었다. 분노로 채워진 눈을 아이들에게 매섭게 쏘아붙였다. 이 상황에서 꾸짖는 말을 한다면 나도 모르게 험한 말이 나올 것 같아 입을 꾹 닫고 말하는 것을 참았다. 얼마나 화가 났었는지, 분노가 입 밖으로 표출되는 것을 막으려고 억지로 참으니 입술과 눈썹이 바르르 떨렸다.

그렇게 무거운 분위기. 그리고 무서운 분위기가 사오반을 덮었다. 고개를 숙인 ◇◇이. 초점을 잃은 ○○. 표정이 경직된 △△이. 모두 눈에 보였다. 처음 보는 선생님의 이런 모습이 무서웠는지 울먹이는 아이도 있었다. 아, 이 사태를 어떻게 수습해야 하지. 뭐라고 이야기를 해야 할까 고민하며 조심스럽게 입을 열었다.

"우리 반에서 매일 같이 비속어가 들려. 방금도 선생님이 이거 때문에 ○○랑 △△이랑 15분 동안 이야기하고 왔는데. 이제 수업을 좀 하려 하니 발표는 그따위로 하고. 내가 지금 비속어 쓰지 말라고 몇 번째 이야기하고 있어. 어?"

그리고 비속어를 자주 사용했던 몇몇 아이들의 이름을 호명하면서 '너희들 말하는 거야.'라고 덧붙였다. 그러면 안 됐었는데. 책까지 던지고 아이들에게 낙인까지 찍어버리다니. 더 이상 수업을 진행하기 어려웠다. 나도 아이들도.

"남은 시간 조용히 책 읽어라."

그러고는 교실 바닥에 초라하게 떨어져 있는 도덕책을 주우러 갔다. 분위기를 이렇게 만들어놓고 내가 던진 걸 내가 주우러 가니 초라한 건 도덕책이 아니라 나였다. 아이들의 인성 함양을 위해 가르쳐야 할 내용을 담고 있는 도덕책. 그 도덕책을 채우고 있는 종이들은 구겨지고 난리가 나 있었다. 지금 구겨진 우리 반과 다를 게 없다는 생각이 들었다. 아이들은 조용히 책을 읽고 나는 조용히 구겨진 도덕책을 한 장 한 장 폈다.

아무리 편다 한들 한번 구겨진 도덕책은 원상태로 돌아오지 않았다. 어색해진 나와 우리 아이들의 관계는 원상태로 돌아올 수 있을까. 혼자 생각에 잠겨있는 와중에 점심시간을 알리는 종이 울렸다. 그렇게 도덕시간은 얼룩으로 구겨진 채 끝났다.

평소였다면 교실의 점심시간은 아이들에게 제일 자유로운 시간이다. 시끌벅적 줄 서면서 충분히 이야기하고 웃고 즐길 수 있는 시간. 그날은 손 씻고 줄 서서 밥 받는 순간까지 말 한마디 하는 아이가 없었다. 옆 반에서 들려오는 아이들의 활기찬 소리는 우리 반과 대조적으로 들려왔다.

보통은 선생님이 먼저 밥을 받고 그 뒤로 아이들이 차례대로 받기에 내가 받을 때까지 조용히 기다리는 아이들의 시선이 느껴졌다. 나는 너희들 먼저 먹으라고 짧은 한마디를 내뱉고 교실을 나와 학년 연구실로 들어갔다.

도저히 밥을 먹을 수 있는 기분이 아니었고 미안함과 속상한 마음에 연구실로 도망쳐 온 것이다. 점심시간이 시작된 지 얼마 안 된

시점에 연구실에는 아무도 없었다. 연구실 소파에 혼자 앉아있으니 점점 놓칠뻔했던 이성이 돌아오고 있었다. 어떡하지. 학부모님들께 소문나겠지. 민원 많이 들어 오려나? 신규 교사가 아이들 앞에서 책을 던졌다고? 교무실 교장실 불려갈 준비 해야겠다. 부장님 죄송해요. 제가 사고 친 것 같아요.

이런 생각들을 하고 있는 중에 엄마 선생님 한 분이 들어오셨다. 나름 아무렇지도 않은 척하고 인사를 드렸는데 경험 있는 선배 선생님이 보시기에는 내 얼굴에 무슨 일이 있었다는 티가 났었나 보다.

"윤 선생님, 무슨 일 있어요?"

"선생님, 저 어떡하죠. 수업 시간에 책 던졌어요. 아이들 앞에서."

예상했던 엄마 선생님의 반응은 놀라시거나 혹은 주의를 주실 줄 알았는데 오히려 그 반대였다. 웃으시면서 괜찮다고, 그럴 수 있다고 말해주셨다.

"아이들한테 던진 건 아니죠?"

"네, 바닥에 던졌긴 한데 그래도……."

선생님은 내 심란한 마음을 달래주시며 전에는 휴대폰을 던진 신규 교사도 있었다며 충분히 할 수 있는 실수다, 이해한다고 말해주셨다.

"밥 안 먹었죠? 이따가 수업 끝나고 연구실에 있는 떡 좀 먹어요."

밥 안 먹은 것은 또 어떻게 아셨을까. 아직 엄마 선생님 앞에서는 나는 선생님이라기보다 어린아이에 가까웠나 보다. 점심시간이 끝날 때까지 교실에 들어가지 않았다. 교실에서 밥 잘 먹고 있으려나.

내 뒷담하고 있진 않을까. 밥 먹고 뒷정리는 잘하려나. 그렇게 고민하던 중에 점심시간이 끝나는 종이 울렸다. 교실로 들어가야만 했다.

사오반을 덮었던 그 무거운 공기는 아직 가지 않은 듯 보였다. 평소와 달랐던 나, 그리고 내 아이들. 조용히 자리에 앉아 수학책을 펴고 5교시를 준비하는 아이들의 모습. 떠들지 않고 조용히 수업 준비하는 장면이 교사가 꿈꾸는 이상적인 교실일 텐데. 그 모습을 보고 있는데 왜 마음은 편치 않을까.

아 어색하다. 분위기를 어떻게 풀지. 마치 친한 친구와 크게 싸운 뒤 다시 마주한 느낌이었다. 차마 아이들 눈은 못 마주치겠고 나지막이 기어가는 목소리로 말했다.

"날씨도 좋은데……. 밖에서 체육이나 할까."

담임으로서 할 수 있는 화해의 표현이었다. '체육'이란 단어는 아무리 작게 말해도 아이들에게 생기를 불어넣는 마법의 단어다. 그 마법에 무거운 공기가 희미해져가는 듯했다. 수학 시간을 뒤로 미루고 체육이라니. 아마 예상치 못한 체육수업에 모두 흥분했겠지만 그 앞전의 분위기가 있었기에 아이들 스스로도 흥분된 감정의 표현을 절제하는 듯 보였다.

"피구하고 바로 운동장에서 종례할 테니까 가방 가지고 나가서 줄서 있자."

공간이 운동장으로 옮겨진 5교시 수학 수업은 그렇게 체육 시간이 되었다. 아이들이 제일 좋아하는 피구. 웃고 즐기며 활기찬 표정들. 내 아이들에게서 이 표정을 보고 싶었던 것 같다. 무거운 공기는 이제 없다. 평소의 왁자지껄한 사오반의 분위기로 돌아왔다.

또다시 종소리가 울려 퍼진다. 5교시를 마치는 소리였다. 아이들을 집에 보내야 할 때가 된 것이다. 정리운동과 부상자 확인까지 마친 아이들은 가방을 메고 옹기종기 모여서 내 종례 인사를 기다리고 있었다. 흠흠. 괜스레 목을 한 번 가다듬고 입을 열었다.

"집에 갈 준비 다 했지? 음……. 아까 선생님이 너희들 앞에서 도덕책 던져서 미안해. 이건 선생님이 잘못한 거야. 우리 반 친구들이 자꾸 비속어 쓰는 게 고쳐지지 않아서 속상해서 그랬는데 그래도 그러면 안 됐어. 혹시나 선생님의 그 모습에 상처받은 친구가 있다면 사과할게. 선생님도 더 좋은 선생님이 될 수 있도록 노력할 테니까 여러분도 같이 조금만 노력해보자. 미안했어요, 오늘. 집에 조심히 잘 가고 내일 봅시다."

담임의 종례 인사에 보통 '안녕히 계세요.'가 나와야 하는데 아이들 사이에서 학급 부회장 ☆☆이의 목소리가 들렸다.

"근데 이건 우리가 잘못한 거 아닌가? 선생님 죄송합니다."

그러자 여기저기에서 들려오는 아이들의 목소리.

"선생님 죄송해요."

"앞으로 잘할게요."

"저희가 죄송했어요."

"선생님 괜찮아요."

가르친 보람이 이런 것일까. 그런 말을 들으니 마음이 뭉클해짐과 동시에 부끄러웠다. 담임으로서 제 역할을 제대로 했나 싶은데 내 마음까지도 살펴봐 주는 아이들. 못나고 서툰 초보 선생님 안에서 잘 자라고 있었다. 내가 아이들에게 배움을 주는 것인지 그들이 나에게 배움을 주는 것인지. 둘 다 4학년은 처음이니 서툰 과정 속에서 같이 배우고 성장하고 있었나 보다.

"고마워. 내일은 우리 웃으면서 만나자."

그날의 마지막 종례 인사였다. 아이들을 보내고 교실로 올라오면서 사오반 담임으로서 더 잘해야겠다고 생각했다. 그 이후로 다행히 학부모 전화는 오지 않았고 교무실에 불려가지도 않았다. 다시 평소의 우리 반 모습으로 돌아왔다.

언어습관이 하루 만에 고쳐지는 것은 거의 불가능할 것이다. 교사인 나도 완벽한 언어습관을 갖추지 못했는데 아이들은 오죽할까. 그러나 구겨진 도덕책이 생겨난 그날 이후로 내가 부르지 않았음에도 스스로 와서는 '선생님 저 방금 비속어 썼어요.'하며 자신의 태도를 돌아보고 고백하는 아이들을 종종 볼 수 있었다. 고맙다 얘들아, 노력하는 모습을 보여주어서. 힘들겠지만 그렇게 하나씩 고쳐나가 보자. 아이들은 성장하고 있었다. 그리고 앞으로도 성장할 것이라는 믿음이 생겼다. 지금도 도덕시간이 되면 구겨진 도덕책을 생각하며 마음을 다잡곤 한다.

너희가 최고라 그래

2시가 되자마자 고요함이 교실을 덮는다. 5교시 수업까지 마치고 아이들이 하교하면 비로소 교실은 잠시 쉴 수 있는 분위기가 된다. 그 고요함을 뚫고 키보드 소리가 교실 공기를 채워나갔다. 다음 날이 학부모 총회였기 때문에 유인물과 PPT를 만드느라 내 손가락에게는 쉬는 시간이 주어지지 않았다. 바쁜 손가락과 대조적으로 우리 반에 혼자 앉아있는 ○○이는 여유로워 보였다. 하교 시간이 지났음에도 친구를 기다리느라 앉아있다고 했다.

학부모 총회. 우리 반 아이들의 어머니, 아버지를 처음 뵙고 인사드리는 자리다. 이제 겨우 아이들 이름을 다 외웠는데 그들의 부모님을 마주하게 된다니. 발령 전에 선배들로부터 이런저런 학부모님들과의 갈등을 전해 들었기 때문에 조금은 긴장해야 하는 존재로 다가왔다.

이미 초임 교사임이 아이들을 통해 학부모님께 알려졌을 테니 처음 보여주는 학급 환경도 신경 써야 했다. 교실과 복도를 청소하고 책상 줄을 맞췄다. 신발장과 사물함에도 아이들 이름표를 만들어 붙였다. 이 정도면 됐겠지. 더 준비할 게 있을까. 그러면서 교실을 훑어보니 아이들의 학습 결과를 담아두는 클리어 파일철이 눈에 띄었다.

저기에도 이름을 붙여볼까. 아이들 이름을 인쇄하여 칼로 자르기 시작했다. 칼은 위험의 소지가 있어 아이들에게는 사용이 금지되어 있다. 한꺼번에 자르려고 힘을 주며 낑낑대고 있는 와중에 '서걱'하는 음침한 소리가 났다. 차가운 금속이 내 엄지손가락을 깊숙이 방문했다. 나는 내 손가락을 베어버렸다.

선홍빛 핏방울이 책상에 뚝뚝 떨어졌다. 피는 창밖으로 보이는 벚꽃에 비해 채도가 너무나도 높은 색을 띠고 있었다. 아, 이건 깊게 베었다. 꿰매야 할 거 같은데. 직감적으로 심각성을 인식했다. 나는 그 선홍빛 꽃을 토해내고 있는 왼손 엄지손가락을 부여잡으며 보건실로 내려갔다.

가는 도중에 흘러내린 피는 바닥에 떨어지며 흔적을 남겼다. 그 모습을 지켜본 ○○이는 아무 말 없이 물티슈로 자신의 담임 선생님이 떨어뜨린 핏자국들을 하나씩 지우면서 따라왔다. 헨젤과 그레텔 남매가 뿌리는 빵 조각을 따라오는 장면이 연상됐다.

보건 선생님께서는 다행히 상처가 깊지 않아 보인다며 반창고를 붙여주셨다.

"깊지 않아 보이는데 많이 아프세요? 꿰맬 필요가 없을 것 같아요. 며칠 지나면 곧 아물 거에요 선생님."

그 말씀에 비해 통증은 애석하게도 너무나 짜릿했다. 깊지 않은데 이렇게 아프다고? 내가 지금 칼에 살짝 베인 건데 엄살을 부리고 있는 걸까. 그렇지만 너무 아픈데. 아프다고 보건 선생님께 징징대고 싶었지만 ○○이가 보건실 창문을 통해 나를 보고 있었기에 마냥 아프다고 말하지도 못했다.

피가 아래로 쏠리지 않게 엄지척을 취하면서 퇴근 시간을 맞이했다. 놀랍게도 퇴근을 하니 그 아픈 통증이 줄어들었다. 퇴근하면 아픈 것도 낫는다는 말이 증명되는 순간이었다.

그러나 그 말에 반증이라도 하려는 듯 통증은 그날 밤 잠에 드려는 순간 불청객으로 찾아왔다. 손가락 끝에서 기생하는 욱신거림은 본인이 살아있다는 것을 증명하듯이 심장박동처럼 느껴졌다. 아, 내일 학부모 총회라 일찍 자야 하는데. 시간을 확인해보니 새벽 1시였다. 응급실을 가볼까. 막상 갔는데 살짝 베인 거면 민망한데. 게다가 첫 월급을 받지 않은 상태에서 응급실 진료비도 부담으로 다가왔다.

갈팡질팡하다가 결단을 내려줄 사람을 찾기로 했다. 보건 선생님은 자고 계실 테고 부모님은 걱정하시니 안된다. 심리적으로 가깝고도 이 상황을 이해해줄 수 있는 사람. 평소에 늦게 자는 동기가 떠올랐다. 임용고시 스터디를 함께한 친구. 발령받고 처음 연락하는데 새벽 1시가 넘어서 병원을 갈지 말지 묻는 전화라니.

동기로부터 응급실에 가라는 결재를 맡았다. 걸어서 10분. '응급실'이라는 단어에서 주는 특유의 그 무서운 분위기를 떨쳐내고자 나의 전화는 동기에서 고등학교 친구로 향했다. 여기저기 나의 응급실행을 생중계했다. ○○이 앞에선 나름 괜찮은척했지만 아프니까 심리적으로 기댈 사람을 찾는 나였다. 도착한 그곳에서 의사 선생님은 반창고를 조심스럽게 잘라냈다. 욱신거림의 형태를 마주하는 순간이었다.

"아, 이거 꿰매야 해요."

짧은 탄식과 함께 내뱉어진 의사 선생님의 진단은 보건 선생님을 떠올리게 해주었다. 살짝 베인 거라면서요, 보건 선생님······. 보건 선생님을 향한 작은 원망과 함께 내가 엄살이 아니었다는 것에 대한 안도감이 공존했다. 아 결국 꿰매는구나. 마취 아플 텐데.

새벽 2시가 가까워진 종합병원 응급실에 내 비명소리가 울려 퍼졌다. 마취 바늘이 손끝을 5번 방문했고 정신을 차려보니 손가락은 새로운 밴드와 붕대로 옷을 갈아입었다. 한밤중 소동을 마무리하고 집으로 돌아오는 길은 서러움이 가득했다.

그렇게 다음 날 출근한 교실, 아이들로부터 손가락 안부를 묻는 질문이 쏟아졌다. ○○이는 선생님 다치는 장면 직접 봤다며, 피도 자기가 닦았다고 친구들에게 자랑스럽게 목격담을 풀어내고 있었다. 타자는 한 손으로밖에 칠 수 없었다. 그 모습을 본 △△이는 자기가 대신 쳐주겠다고, 뭐라고 치면 되는지 말씀만 하라고 당당히 나섰다. 그러나 이내 독수리 타법으로 자음과 모음 하나하나에 정성을 다하는 모습을 보고 마음만 받기로 했다.

손을 아래로 향하자 피가 쏠려 욱신거림이 다시 몰려왔다. 나는 부목을 댄 내 손가락으로 계속 엄지척을 취해야 했다. 그래야 덜 아팠기 때문이다.

"선생님, 왜 다친 손가락 계속 엄지척하고 있어요? 너무 웃겨요."

"응, 너희가 최고라 그래."

나의 손가락 이야기는 아이들의 입을 타고 각 반으로 퍼져나갔다. 우리 막내가 손가락을 꿰맸다는 소식에 동학년 엄마 선생님들과 교감·교장 선생님까지 차례대로 교실로 와주셨고 유명해진 나의 자랑스러운 손가락을 엄지척하며 보여드렸다.

수업을 마치고 아이들이 하교한 빈 교실은 점점 학부모로 밀도를 채워나갔다. 어머니 아버지들과의 첫 만남은 준비한 것에 비해 크게 특별하지 않았다. 담임으로서 자기소개를 하고 우리 반 교육활동과 방향을 안내했다. 건강한 아이들로 자랄 수 있게 가르치겠다는 말을 했지만 이와 모순되는 내 손가락이었다.

한 어머니께서는 빨리 나으시라고, 선생님이 건강하셔야 우리 아이들도 건강할 수 있다는 말을 해주셨다. 그래, 내가 아프면 누가 우리 반 아이들을 가르칠까. '안전'의 가치를 강조하는 현재 교육 패러다임에서 그 중요성을 몸소 느끼는 경험이었다.

상처는 한 달이 채 안 되어 실밥을 제거하고 잘 아물었다. 의사 선생님께서 얼마나 예쁘게 꿰매주셨는지 흉터를 찾기 어려울 정도다. 당시에는 큰 고통이었지만 차라리 일반 외과적인 상처여서 다행이라고 생각된다. 바느질 몇 번에 깨끗하게 아무는 상처라니.

반면에 오고 가는 언어와 행동, 오해로 인한 마음의 상처는 아물기가 쉽지 않을뿐더러 아물더라도 흉터가 남는다. 그렇기에 더더욱 학교폭력 예방의 중요성을 강조하고 아이들 간 관계를 세심하고 예민하게 살펴보아야 할 필요가 있다. 아이들이 성장하면서 겪는 마음의 상처도 바느질 몇 번으로 나아졌으면 좋겠지만 그러기엔 내 바느질 수준이 아직 미흡하다.

겉으로 보이는 상처와 아픔만이라도 놓치지 않으려고 노력하는 중이다. 종이에 손이 베이거나, 부딪혀서 멍이 들었거나, 두통, 복통, 감기 기운이 있거나 하는 등 아이들의 증상과 상태를 수시로 확인한다. 건강하게 자라는 것. 제일 중요한 것 같다. 아프지 말자 애들아.

우리 반 선생님 왜 안 와요?

교실에서 아이들과 하루를 함께하면 교사의 정서와 에너지가 그 반 아이들에게 전이되는 것 같다. 짜증이 유독 많아진 날에는 아이들의 신경도 날카로워지고 감기몸살 기운이 있는 날이면 아이들의 에너지 수준도 낮아지는 것을 느낀다.

대학생까지만 하더라도 몸이 조금 안 좋다 느껴지면 자체 휴강을 통해 휴식 시간을 가질 수 있었다. 그러나 25명이 아이들을 담당하는 담임으로서 자체 휴강은 물론이거니와 법적으로 명시된 권리인 병가도 함부로 쓸 수가 없다. 교직 사회에 병가 사용을 자제하라는 분위기가 있는 것이 아니라 담임 교사로서의 자아가 쉽게 허락하지 않기 때문이다.

내가 병가를 내면 다른 반 선생님들께서 매 교시 번갈아 우리 반을 맡기 때문에 이에 대한 죄송한 마음과 말썽꾸러기 요주 인물들이 사고 치지는 않을까 하는 걱정 때문에 학기 중에 쉬는 것을 주저하게 된다. 방학 때 쉬면 되지 않은가. 그렇기에 감기몸살이 방문한 날이면 타이레놀과 쌍화탕으로 무장하여 꾸역꾸역 수업을 마무리하고 아이들을 보낸다. 전쟁을 마치면 보건실 침대에서 비로소 휴식을 취한다. 아마 교사 대부분이 이와 같을 것이다.

그럼에도 불구하고 병가를 써야 하는 날이 있다. 모교 대학교 교수님을 뵙기 위해 대구로 내려간 주말. 그날 저녁 이후부터 창자를 도려내는 듯한 복통이 지속되었다. 소화제를 먹어도 소용이 없어 찾아간 응급실에서는 요관결석이라는 진단을 받았다. 토요일이라 시술을 못하니 월요일에 비뇨기과를 내원하라는 말을 들었다.

하지만 그 말은 진통제로 월요일까지 버틸 수 있다고 보는 의사 선생님의 오판이었다. 아마 그 의사 선생님은 요관결석을 겪어보지 못했으리라. 밤새 내 안에 있는 돌에게 일방적으로 뚜드려맞았고 일요일 낮이 되어서야 24시간 전문 비뇨기과를 찾아 동기의 부축을 받으며 내원했다.

전신마취하고 배를 열어젖히는 무서운 수술을 생각했기에 이번에 살려주시면 착하게 살겠다고 기도를 드렸다. 그러나 요즘은 체외충격파쇄석술로 마취 없이 간단하게 치료한다고 한다. 현대의학 만세. 내 기도를 들어주셨나 보다.

그렇게 그 주 주말은 내 몸에 무단침입한 돌을 내쫓느라 시간을 보냈다. 다음 날이 월요일이라 학교 가야 하는데 이런 몸 상태로 25명 아이들의 에너지를 감당할 수 있을까. 월요일 하루만, 딱 한 번만 병가를 쓰자. 담임 교사로서의 자아도 동의했다.

그러나 교감 선생님은 나에게 1주일 동안 병가를 주셨다. '완전히' 나아서 오라는 뜻이었다. 내가 없는 동안 우리 반은 기간제 선생님께서 맡아주셨다. 예상치 못한 병가 1주일은 온전한 휴식이 되지 못하고 휴식과 함께 우리 반 생각으로 채워졌다.

아이들이 나 없을 때 말썽 피우진 않을지, 기간제 선생님 말씀은 잘 들으려나. 수행평가 연습 이번 주 하려고 했는데 다음 주로 미뤄야겠다. 이런저런 생각이 펼쳐지고 있는 중 자연스럽게 내가 없을 우리 반 아이들의 모습들이 그려졌다.

"우리 반 선생님 왜 안 와요?"

"선생님 아파요? 왜요?"

"그럼 체육은 누가 해요?"

아이들은 아마 나보단 체육수업을 할 수 있는지에 대한 걱정이 더 컸을지도 모른다. 그러나 월요일 오후부터 선생님 괜찮냐고, 많이 아프냐고 묻는 문자를 받아보니 내 걱정도 아예 없는 건 아니었나 보다. 기특한 녀석들. 화요일부터는 학부모께도 문자를 받았다.

'아이들이 말을 잘 안 들어서 아프신가 봅니다.'

'아이들이 속을 많이 썩이지요, 얼른 나으세요. 선생님.'

내 병가의 원인을 본인들의 아이에게로 돌려주시는 어머니들이었다. 사실 아이들은 내 요관결석에 아무런 관여를 안 했는데 지난번 손가락 열상에 이어 학부모들께 이런 위로를 받게 되다니. 점점 허약한 담임 선생님의 이미지로 굳혀지는 듯했다. 문자 주신 한 분 한 분께 감사의 의미와 걱정하지 마시라는 장문의 답장을 보내드렸다. 애써 '저는 허약하지 않습니다.'라는 메시지를 담으면서.

그 주 우리 반의 하루하루 모습은 학급회장 ○○이를 통해 살펴볼 수 있었다. 고맙게도 ○○이는 매일 우리 반이 어땠는지, 새로운 선생님은 어떤지, 누가 선생님께 무엇 때문에 혼났고 미술 시간에는 뭐 했는지 등 내가 없는 사오반의 모습을 문자로 알려주었다. 문자로 표현된 우리 반의 모습을 상상해보는 것도 나름 재미있었다.

일주일 후 다시 내원한 병원에서 완치 판정을 받았다. 몸은 집에 있으나 마음은 교실에 가 있었던 1주일 병가는 그렇게 끝이 났다. 학기 중에 교실을 비우고 혼자 쉬는 것은 아무래도 편치 않다. 아이들을 다시 볼 날이 가까워질수록 보고 싶은 마음도 더해갔다. 솔직히 아이들이 나를 조금이나마 보고 싶어 해줬으면, 오랜만에 보는 내 얼굴을 보고 반가워해 줬으면 좋겠다고 바랬다.

다시 학교로 가는 아침 출근길의 내음새는 일주일 전에 출근했던 그 아침의 공기와 다르지 않았다. 초등학교 선생님으로서의 감각이 돌아오는 발걸음이었다. 정문, 현관, 복도, 계단을 지나면서 사오반 담임의 모습을 되찾았다. 오랜만에 등장한 내가 신기하다는 듯이 나를 둘러싸며 마구 질문을 쏟아내는 아이들. 그런 아침을 맞이했다.

"선생님 다 나았어요?"

"이제 괜찮아요? 어디 아프셨어요?"

여자아이들은 진심 어린 표정으로 물었다. 질문에 답할 틈도 주지 않고 곧이어 남자아이들의 목소리가 들려왔다.

"선생님 여행 갔다 오셨어요?"

"저 선생님 군대 간 줄 알았어요."

왜 아빠들이 딸바보가 되는지 조금은 이해할 수 있는 순간이었다. 어떤 종류의 질문이든지 간에 정말로 궁금했고, 보고 싶은 마음이 있었기에 던진 물음이었을 터. 날 보고 싶어 해줘서 고마웠다.

담임 선생님의 부재는 누가 그 반 아이들과 오롯이 동행할 수 있는가 하는 질문을 낳는다. 감사하게도 나의 짧은 빈자리는 동료 선생님, 전담 선생님, 기간제 선생님들께서 메꾸어 주셨다. 그리고 우리 반 아이들은 내가 책임지고 맡아야 할 존재로 다가왔다. 내 아이들과 한 해를 동행할 수 있게 건강해야겠다는 생각이 든다. 물론 지금도 허약하진 않지만.

낳아주셔서 감사하다는 말

　교실은 작은 사회이다. 학교는 아이들이 생애에 겪는 첫 사회화 기관이기도 하고 2차적 사회화 기능을 담당한다. 학교를 이루는 각각의 교실은 그 안에서 교사-학생, 학생-학생 간 나름대로 상호작용을 하며 작은 사회를 만들어가고 있다. 그 작은 사회가 특정한 정체성을 가지면 '항상 시끌벅적한 반', '조용한 반'. '운동을 잘하는 반'과 같이 교실에 수식어가 붙게 된다.

　과학 전담을 병행하셨던 교무부장님은 우리 반에 '공무원 반'이라는 수식어를 붙여주셨다. 공무원 같은 반. 무슨 뜻일까. 일반적으로 공무원에 대한 이미지는 '사무적, 규칙적, 모범적, 조용한'과 같은 단어를 연상하게 한다. 내가 알고 있는 사오반 아이들이 이렇다고? 그럴 리가 없을 텐데. 이유를 여쭤보니 교무부장님은 사오반 아이들이 과학 시간에 조용하고 차분하게 수업을 잘 듣는다고 하시며 그 수식어에 대한 이유를 설명해주셨다.

　억울하다. 내가 수업할 때는 그런 모습 못 봤는데. 수업할 때 아이들의 발표는 학습 내용과 다른 이야기로 흘러가고 체육 하자고 매일 조르는 천진난만한 11살의 모습이었건만 언제부터 너희들 공무원이 된 거니. 그래도 전담 선생님들이 어려움을 겪는, 소위 말하는

'힘든 반'은 아닌 것 같아서 다행인 마음도 있었다. 아이들은 다른 선생님들에 비하여 자신의 담임 교사에게 편안함과 친근감을 느낀다는 말이 맞는지도 모르겠다.

그렇게 우리 반은 대외적으로는 '공무원스럽다.'라는 이미지를 구축하고 실상 교실 안을 살펴보면 선생님이 처음인 내가 아이들과 고군분투하며 하루하루를 보내고 있었다. 그 하루들이 축척 되어 아이들이 올바르게 성장하도록 만드는 밑거름이 되길 바랄 뿐이었다. 나는 교직에 첫발을 디뎠고 초등교사로서의 정체성을 찾아가는 중이었다.

우리 반 아이들도 교실이라는 작은 사회에서 이전의 3학년에서 4학년으로의 정체성을 형성하고 있는 듯 보였다. 그중엔 다른 영역에서 자신의 정체성을 찾아가는 아이가 있었다. 허스키한 목소리를 가지고 있는 ○○는 친구들과 지내는 데 있어 표현이 다소 서툴렀고 의도대로 되지 않으면 종종 눈물을 보이기도 했다. 어리숙한 부분이 없지 않아 있었다. 누구나 한두 명은 있을 법한 단짝도 찾기 어려웠다. 나는 학부모 상담 주간에 아이의 어머니를 만날 수 있었다.

"사실 ○○는 제가 입양한 아이예요."

머리가 정지됐다. ○○가 입양아였다니 전혀 몰랐다. 모르는 게 당연했겠지만 어떤 반응을 보여야 적절했을까. 적잖이 당황했다. 하지만 최대한 티를 내지 않으려고 노력하며 '음, 그렇군요.'라고 무덤덤하게 말했다. 어머니는 ○○가 본인이 입양아인 걸 스스로도 안다고 했다. 그러면서 ○○가 '입양아'라는 정체성을 찾아가는 과정이 학교에서 다소 불안한 형태로 나타날 수도 있다는 것을 우려하셨다. 나는 ○○의 교우관계, 행동특성, 수업태도, 학습능력 등을 있는 그대로 말씀드렸고 담임으로서 최선을 다하겠다는 상투적인 대답을 드릴 수밖에 없었다.

내가 이 아이를 위해 할 수 있는 것이 뭘까에 대한 물음에 나는 '입양아'라는 수식어를 붙이지 않고 있는 그대로 ○○의 모습을 봐야겠다고 답을 내렸다. 섬세하지 못한 동정, 연민, 특별한 배려는 그렇게 함으로써 오히려 다른 이들과 차이를 두고, 동정을 받아야 할 존재로 인식될 위험이 있다고 생각했기 때문이다. 사실 동정이 필요한 존재인가? 아닌 것 같다. 축복받아야 마땅한 존재이지 않을까. 나는 ○○를 '우리 반 학생 중 한 명'으로 바라보기로 했다.

그렇지만 사회 수업 때는 섬세하게 수업을 구성해야 할 필요가 있었다. '다양한 가족의 형태'의 학습 주제가 나왔기 때문이다. 대가족과 핵가족부터 시작하여 1인 가구, 부부가구, 한부모 가정, 조손 가정, 외국인 가족, 딩크족, 그리고 입양가족까지. 교과서에 제시되는 학습 내용이었다. 나는 입양가족에 대한 설명을 생략하지 않았다. ○○는 크게 동요하지 않는 반응이었다. 아이들은 어쩌면 학교에 입학하기 전부터 자신이 누구인지 가족을 통해 자신의 정체성을 찾고 있을지도 모른다.

○○는 '자신이 누구의 자녀인지'에 대한 물음에 좀 더 초점을 두

었던 것 같다. 어머니의 말씀에 따르면 다른 자녀들이 어버이날 편지에 '낳아주셔서 감사합니다.'라고 쓸 때 ○○는 '키워주셔서 감사합니다.'라는 문구로 표현을 한정했다고 한다. '낳아주셔서 감사합니다.'라는 말을 듣고 싶다고 하면 ○○는 어색해하며 얼버무렸다고 한다. 겉으로는 또래보다 다소 어리숙한 모습을 보일지 몰라도 속으로는 그 누구보다 자신에 대해 고민하는 ○○였을 것이다.

학기 초 점심시간에는 자리에서 혼자 울고 있는 ○○를 발견한 적이 있다. 회장 아이 말을 들어보니 체스를 두고 싶은데 아무도 본인이랑 두고 싶어 하지 않아서 운다고 했다.

"○○야. 선생님이랑 체스 할까?"

내가 불러 같이 체스를 두어줬다. 내가 친구가 되어주면 된다. '○○가 선생님이랑 체스 한대. 구경해보자.' 아이들은 금세 우리 둘 곁을 둘러섰고 그렇게 체스 대결이 펼쳐졌다. 물론 내가 이겼지만. 그래도 승패와 관련 없이 그 이후로 ○○는 선생님과 체스를 두었던 이유 하나만으로 아이들의 관심을 받을 수 있었다. 먼저 체스판을 가지고 와 ○○에게 같이 두자는 친구들이 점점 생겨났다.

교사의 관심이 아이들에게 영향을 미칠 수 있음을 느낀다. 내가 한 것은 그저 아이와 체스 한번 두었던 것뿐인데. 어느새 바라본 ○○의 주변에는 친구들이 있었다. '공무원 반'인 우리 반은 그렇게 교실 안에서 교사-학생, 학생-학생 간 나름대로 상호작용을 하며 작은 사회를 만들어가고 있었다. 그리고 그 사회 속에서 내가 누구인지, 내가 누구의 자녀인지 우리 반 공무원들은 각각의 정체성을 형성해 나가고 있었을 것이다.

그해 말에는 종업식을 앞두고 부모님께 감사 편지 쓰는 활동을 전개했다. 살짝 바라본 ○○이의 편지에는 '엄마, 낳아주셔서 감사합니다.'라고 쓰여있었다.

마음만 받으려고 했는데

1년 중에 생일을 제외하고 아이들이 주인공이 되는 날이 있다면 5월 5일 어린이날일 것이다. 마찬가지로 선생님이 주인공이 되는 날은 5월 15일 스승의 날이다. 학창 시절 스승의 날 풍경을 회상해 보면 담임 선생님 몰래 학급 친구들끼리 깜짝 이벤트를 준비했던 기억이 그려진다.

초등학교 5학년 때, 그리고 고등학교 1학년 때 담임 선생님은 모두 24살의 초임 선생님이셨다. 각각 12살, 7살 차이가 났던 선생님들. 지금의 나처럼 임용고시를 붙고 처음으로 학교에 오셨고 그렇게 우리는 만났다.

나는 선생님들의 첫 제자였고 그들의 '첫 제자'라는 타이틀에 나를 포함한 우리 반 아이들은 나름 자부심을 가지고 있었다. 기억에 남는 스승의 날을 만들어드리고 싶어 비밀스럽게 학급 회의를 하고 풍선과 케이크로 교실을 꾸몄던 기억이 난다.

'스승의 날'이라는 단어가 가지는 무게 때문인지는 몰라도 그날만 큼은 말썽부리는 아이들도, 조용히 하라고 소리를 높이는 선생님도 찾아보기 힘들다. 지금은 내가 그때의 선생님 나이였던 24살이 되어 첫 제자들을 만나고 5월 15일을 마주하게 되었다.

선생님의 입장이 되어보니 비로소 선생님은 스승의 날에 아이들에게 큰 기대를 바라지 않는다는 것을 깨달았다. 우리 반 아이들이 어떤 이벤트를 해줄까에 대한 기대는 0에 수렴했다. 오히려 그런 이벤트 보다 그저 오늘이 어제보다 조금 더 나은 하루이기를, 다치지 않고 상처받지 않고 잘 지내다가 내일 보자고 인사하는 하루이기를 바랄 뿐이었다.

사회적인 분위기도 맥락을 같이했다. 부정청탁 및 금품 등 수수의 금지에 관한 법률, 소위 김영란법으로 인해 스승의 날을 포함한 주요 행사에 오고 가는 손길이 자제되는 분위기였다. 김영란법이 시행되고 처음 맞이하는 스승의 날이었기에 학교는 주지도 받지도 말자는 입장을 유지했다.

교육청과 교육지원청, 그리고 학교 사이에서 지침에 대한 해석으로 혼선이 빚어지기도 했다. 예를 들면 카네이션꽃도 받으면 안 된다는 공문이 내려오자 아이들이 종이로 접어 만든 카네이션꽃도 이에 포함되는지에 대한 논의. 또는 아이들이 쓴 편지도 받으면 안 되는가에 대한 의문들이 학교 현장과 교육행정 영역 사이에서 쏟아져 나왔고 명확한 답을 누구도 제시해주지 못했다.

이러한 논의가 스승의 날 전부터 진통을 겪었고 학부모와 아이들이 준 편지 봉투 안에 무엇이 들어있을지 모른다는 논리로 편지와 종이 카네이션 또한 받지 않는 것으로 결론이 났다. 그 당시 김영란법 시행 초기였기 때문에 더욱 엄격하고 보수적인 해석을 했던 것 같다.

다만 예외를 허용해주었는데 그것은 열린 공간에서 개인적으로 말고, 학부모의 개입 없이 학생들이 공개적으로 주는 것은 받아도 된다는 것이었다. 학생 한 명이 개인적으로 주는 편지는 받지 말되, 학급 학생들이 다 같이 쓴 손 편지는 받아도 된다는 논리다.

'마음만 받겠습니다.'라고 말하는 김영란법의 시행에도 불구하고 '물질을 드리고 싶습니다.'라고 말하는 학부모의 마음도 있다. '선생님 3만원 이하는 괜찮대요.', '별거 아니라 받으셔도 돼요.'라고 말씀하시면서 다가오는 경우가 있으나 정중한 거절의 표현이 담긴 포스트잇을 붙여 아이들 편에 모두 돌려보냈다.

그렇게 공격과 방어가 오고 가는 선생님으로서의 첫 스승의 날. 점심시간이 찾아왔고 연구실에 모인 동학년 선생님들은 서로 '뭐 받은 거 없죠?' 하면서 서로의 청렴도를 지켜주고 있었다. 다시 교실에 들어서자 우리 반에서 제일 조용한 ○○가 계속 힐끔힐끔 내 눈치를 보았다. 그리고는 이내 수줍은 미소를 띠면서 내 책상 위로 무언가 올려놓았다. 편지였다.

"○○아 고마워. 근데 이거 선생님 못 받아……. 마음만 받을게."

편지에 쓰인 글을 쓱 보고 아이에게 돌려주었다. '선생님 스승의 날 축하드려요. 저희를 가르쳐주셔서 감사합니다.'라고 쓰인 간결하고도 담백한 두 문장. 사실 편지라기보다 쪽지에 가까웠지만 어떤 형태이든 간에 11살 아이의 마음이 고스란히 담겨 있었다.

편지를 다시 아이 손에 쥐여주었다. 그 모습을 본 회장 아이가 선생님은 왜 편지 못 받으시냐고 물었다. 자기도 선생님 주려고 사탕을 준비했는데 안 받으실 거냐고 물음이 이어졌다. 못 받는 이유를 4학년 수준에서 이해할 수 있도록 설명하고자 노력했다. 어떻게 하면 선생님이 받을 수 있냐는 끈질긴 질문에 앞서 말한 예외 상황-열린 공간에서 개인적으로 말고, 학부모의 개입 없이 학생들이 공개적으로 주는 것은 받아도 된다는 것-을 말해주었다.

회장 아이는 우리 반 교실이 열린 공간이냐고 물었고 그렇다고 답해주었다. 그러자 학습 준비물실에서 색 도화지를 가져오더니 각자 나름대로 점심시간을 보내고 있는 반 아이들을 향해 소리쳤다.

"야 얘들아! 여기 와서 선생님한테 감사하다고 다 한마디씩 써!"

조그만 체구에서 나오는 힘 있는 목소리였다. 그리고 열린 공간, 개인적으로 말고, 공개적으로 주는 것. 3가지 조건을 모두 만족하는 행동이었다. 펜을 잡은 아이들은 아직 안 쓴 친구가 누군지 찾아내면서 다른 아이들을 독려했다. 그렇게 색 도화지는 25명의 사오반 친구들이 주는 메시지로 채워졌다.

나는 우리 아이들이 주는 손 편지를 받았고, 박수를 받았으며, 그들에게서 나오는 웃음을 받았고, 그렇게 좋은 하루를 받았다. 김영란법 시행 후 첫 스승의 날인데 너무 많은 것을 받은 듯하다. 이 정도면 부정청탁 금지법 위반이다.

나에게는 그 색 도화지 한 장이 값비싼 무언가로 느껴졌다. 내용을 읽어보니 '선생님 감사합니다.'와 같은 짧은 문장에서부터 네 다섯 줄 야무지게 쓴 글도 볼 수 있었다. 내용은 다 엇비슷했으나 그저 좋았다. 그때의 내 담임이셨던 초임 선생님도 이런 마음이셨을까. 과거의 한 장면이 오버랩 되는 순간이었다. 아이들로부터 받는 편지의 내용은 다음과 같은 순서로 요약 가능하다.

1. 선생님 저희를 가르쳐 주셔서 감사합니다.
2. 그동안 말 안 들어서 죄송해요.
3. 앞으로 말 잘 들을게요.

편지를 써줬으니 답장을 적어보려 한다. 1번, 아직 감사하긴 이르다 얘들아. 나도 아직 내가 잘 가르치고 있는지 모르겠으니까. 나중에 졸업할 때 내 생각이 나면 그때 감사해주렴. 2번, 다행이다. 알고 있었구나. 모르는 줄 알았어. 3번, 뻥치지 마.

앞으로 말 잘 듣겠다는 약속은 아이들이 주로 체육수업하자고 조를 때 사용하는 말이다. 당장 내일이라도 아이들 몇몇은 수업 중에 딴짓할 것이고 복도에서 뛰어다닐 것이고 조용히 하라는 내 말을 한 귀로 흘릴지 모른다. 그럼에도 불구하고 그 말이 쓰인 편지가 값졌기에 이번에도 알면서 속아 넘어 가주었다.

퇴근길을 걸어가면서 나의 선생님들께 연락을 드렸다. 그들의 제자였던 내가 이제는 교사가 되어 연락을 드린다. 선생님들은 이젠 내가 제자가 아닌 같은 길을 걷는 동료 교사라고 말씀해주셨다. 나에게 주셨던 그 가르침과 좋은 추억을 회상하며 그들과 함께 걸어가고자 한다.

교사는 학생이 있기에 서 있을 수 있는 존재다. 그렇기 때문에 교사에게 있어 학생은 충분조건이 아니라 필수조건이다. 스승의 날에 초점은 다분히 교사에게 향해져 왔지만 그들의 존재 이유가 되는 학생이 교사 자신에게 온 의미를 되짚어보는 날이 되었으면 하는 생각이다.

방심하면 학교 오는 날

체육수업으로 운동장에 나가면 프라이펜 위에 있는 것 같고 교실은 오븐이 되어 아이들의 피부색이 점점 익어간다. 에어컨과 부채질로는 도저히 감당하기 힘들 때, 이러다 교실 안에서 우리 모두 잘 구워진 쿠키가 되는 건 아닐까 싶을 때, 그 한계가 올 때쯤이야 비로소 여름방학이 찾아온다.

1학기 교과서 진도는 점점 하나씩 끝나갔다. 전담 교과인 과학, 영어, 음악을 차례대로 끝내고 온 사오반 용사들은 도덕, 사회, 국어의 진도를 점령했다. 그리고 마침내 철옹성 같았던 수학까지 함락시켰다.

방학이 오기 전까지 남은 날들은 한 학기를 되돌아보는 시간과 방학 계획을 세우는 시간으로 보냈다. 학교 전기료가 예산을 초과해서 나왔기에 하루에 한두 시간 밖에 에어컨을 틀 수 없었다. 나를 포함한 담임 선생님들은 사비를 써서 아이스크림으로 아이들을 달래주고 있었다.

여름방학식 당일은 아이들에게 나눠 줄 안내장이 꽤나 많았다. 주로 안전에 대한 내용이다. 물놀이 안전, 폭염 주의, 야외활동 안전 예방, 손 씻기 철저, 미세먼지 주의, 감염병 주의 등 한 달 동안 교사의 시야 밖에 있을 아이들에게 안전을 강조하는 것은 스스로 안전을 챙기고 건강히 다시 만나자는 의미이기도 했다.

방학 숙제도 빠질 수 없는데 초등학교 시절을 생각해보면 주로 가족과 현장체험학습 가서 보고서 쓰기, 일기, 독후감 등의 숙제가 여름방학을 채웠던 것으로 기억이 난다. 물론 대부분의 초등학생은 개학 일주일 전부터 지난날의 기억을 되살리며 밀린 일기를 썼겠지만.

나는 방학 숙제를 주고 싶지 않았다. 아이들이 11살에 비해 다소 많은 학업 스케줄을 소화하고 있다고 느꼈기 때문이다. 학교 정규 수업을 끝내면 방과 후 수업, 영어 학원, 수학 학원 등 여러 곳을 전전하며 그곳에서 요구하는 숙제를 완성하기에 바빠 보인다. 아침 시간이나 쉬는 시간에 학원 숙제를 하는 학생도 왕왕 보았다. 아침 독서 시간과 또래와 사회적 대화가 이루어져야 하는 쉬는 시간을 온전히 갖기 어렵다.

이미 아이들은 많은 것을 하고 있다. 모든 학생이 그렇진 않겠지만 학교, 학원, 가정에서 그들에게 요구되는 것이 많다고 생각한다. 방학만큼이라도 그 요구되는 것을 좀 덜어줘야 하지 않을까. 숙제에 얽매여 다른 세상을 볼 수 있는 기회를 잃으면 안 된다고 생각했다. 초등학생이야말로 충분히 놀고 다양한 경험을 할 수 있는 나이일 텐데. '노는 게 제일 좋아.'라는 어떤 펭귄 캐릭터의 주제곡처럼 '실컷 놀고 오기'를 숙제로 주고 싶었다.

그렇지만 방학 숙제는 학년 단위로 협의해서 정해야 했다. 학년에서 방학 숙제를 공동으로 정하는 것은 아마 각 반마다 담임 교사의 재량으로 방학 숙제에 차이를 둔다면 형평성 부분에 어긋날 수도 있기 때문이지 않을까. 어디까지나 신규 초임 교사의 추측이다. 결국 우리 4학년은 규칙적인 생활습관과 자기 주도적 학습능력을 기른다는 명목 아래 독후감을 포함하여 몇 가지 방학 숙제를 정했다.

"선생님 방학 숙제 검사하실 거예요?"

"숙제 안 해오면 어떻게 돼요?"

안내장에 쓰여 있는 방학 숙제 목록을 보고 아이들이 물었다. 내심 '우리 선생님은 안 해도 괜찮다고 하실 거야.'라고 생각한 모양이다. 어림없다 이 녀석들아. 규칙적인 생활습관과 자기 주도적 학습능력을 기르고 오렴. 그리고 나는 학년에서 정한 숙제와 별개로 우리 반에게 한 가지 숙제를 더 내주었다.

'방학 동안에 한 번, 잘 지내고 있다고 선생님한테 연락하기'

문자, 카톡, 전화, 사진 어떤 방법이든 너희들의 방학 생활 이야기를 들려달라고 했다. 그리고 방학 2행시를 칠판에 쓰면서 하루하루 알차게 지내다 건강히 다시 만나자고 약속했다.

방 : 방심하면

학 : 학교 오는 날 금방이다.

그렇게 교실이 오븐이 되어가는 무더운 7월 말, 여름방학이 시작됐다. 아이들에게는 여름방학 계획표를 작성하게 했으면서 정작 내

방학 계획을 세우지 못했다. 경험 있고 부지런한 선생님들은 이미 방학 시작하자마자 한국을 떠나셨다. 여행을 가시는 분이 대부분이셨고 필요한 연수를 찾아 듣거나 교과연구회 활동 등 각자 나름대로 재충전과 2학기 준비를 하시는 듯했다. 나는 그러지 못했지만 방학식과 동시에 공항으로 떠나는 미래의 내 모습을 잠시나마 그려보았다.

애석하게도 다른 선생님들이 공항으로 향하는 동안 나는 대구로 향했다. 한국지리 시간에 배운 대구의 분지 지형, 때문에 우리나라에서 가장 더운. 그래서 대구와 아프리카를 합친 '대프리카'라는 단어가 나올 정도인 그곳으로 갔다. 교육대학원 계절제 수강을 듣기 위해서였다.

사실 대학원 진학에 대한 생각과 깊은 고민은 없었다. 공부를 대학교 졸업하고 바로 이어서 계속하는 게 좋다는 어느 교수님의 말만 듣고 충동적으로 졸업과 함께 대학원을 등록했다. 대학원생을 위한 기숙사 신청을 놓친 것을 알고 얼마나 내가 방학 계획을 제대로 세우지 못했는지 깨달았다. 어쩔 수 없이 나는 그나마 값이 제일 저렴한 외국인 전용 게스트하우스를 찾아 그곳에서 지냈다. 한 외국인은 항상 안에서 대학원 과제를 하는 나에게 너는 왜 밖에 나가 놀지 않느냐고 물었다. 나는 'Because I'm just a poor graduate student(왜냐면 난 불쌍한 대학원생이니까).'라고 답해주었다.

방학의 대부분을 대학원에 오신 현직 선생님들과 함께 공부하며 보냈다. 연령대는 20대에서 50대까지 다양했다. 배움에 대한 선생님들의 열정은 대구의 더위에 비례하는 듯했다. 학기가 아닌 방학 중에 집중적으로 강의를 듣는 계절제 수업은 약 3주 동안 진행되었고 그렇게 교사로서의 첫 방학을 보냈다.

이런 방학을 앞으로 4번 더 겪어야 하는데. 방학식 하자마자 공항으로 떠나는 날은 아직 멀었구나. 그래도 대학원 수업이 없었으면 집에서 그저 무료하게 보내지 않았을까 하는 생각으로 위안을 삼아보았다. 그래, 하루하루 알차게 지내다가 만나기로 했으니까 이 정도면 알차게 보냈지 뭐. 수업을 종강하고 올라오니 방학이 일주일 정도 남았다.

'선생님 저 잘 지내고 있어요.'

'선생님 저 놀이공원 갔다 왔어요. 사진 보내드려요.'

'선생님 방학 잘 지내시죠?'

아이들에게서 점점 연락이 많이 온다. 너희들에게서 연락이 점점 많이 오고 있는 건 개학이 가까워지고 있다는 뜻이겠지. 밀린 방학 숙제를 할 시기가 왔구나. 나도 밀린 방학 숙제를 해볼까. 가족, 그리고 오랫동안 못 보던 친구들을 만나고 2학기 교과를 한번 훑어보기로 했다. 교육 커뮤니티, 교육 아이디어 공유 사이트에 들어가 2학기에 한 번 활용해 볼법한 자료들도 준비해보았다. 개학이 다가온다. 오랜만에 교실에서 만나자 얘들아. 다 같이 각자 어떻게 지냈는지 수다 한번 떨어 보자꾸나.

어른들을 쓰레기통으로 보내자

학교에 학부모들이 제일 많이 방문하는 날이 첫째로는 졸업식이고 그다음은 학부모 공개수업이 있는 날이다. 이날은 누가 우리 반 아이의 학부모인지 찾기 어려울 정도로 외부 손님을 많이 받아들인다. 이미 학부모 상담 때 얼굴을 익혀둔 분이 대부분이지만 그 학부모가 누구의 어머니였는지 머릿속에서 1대1 정보처리 하는 데는 다소 시간이 필요하다.

학부모 공개수업은 학년별로 공동의 교과와 주제로 함께 준비하는 경우가 있고 각 학급의 특색에 맞게 담임 교사의 재량에 맡기는 경우가 있다. 우리 학년은 후자의 방법을 택했고 나의 첫 공개수업은 국어 교과의 문학(시) 단원을 진행하고자 했다.

공개수업은 정규 교과수업과 같이 온전히 40분 이내로 이루어지지만 그 수업이 있기까지 준비에 필요한 시간은 40분을 훌쩍 넘는다. 교재연구, 주제설정, 학습활동 구성, 학습자료 준비, 수업지도안 작성, PPT 준비 등 수업 시간보다 준비하는 시간이 더 많은 것 같다. 이 정도면 공개수업을 넘어선 수업 대회인 듯하다.

어렸을 적 공개수업의 장면을 회상해보면 선생님과 아이들은 당일 아침부터 교실 청소를 깨끗이 하고 암묵적으로 '잘하자.'라는 약속이 교사-학생 사이에 형성되어 있었던 것 같다. '우리 엄마가 지켜보고 있다.'라는 생각에 나와 내 친구들은 평소에는 볼 수 없었던 반듯한 자세와 적극적인 발표로 모범적인 수업을 보여주고자 애썼던 기억이 난다.

그러면서 문득 생각해보니 그 당시 우리 어머니들은 공개수업에 어떤 장면을 보길 희망했는지 의문이 들었다. 발표를 열심히 하는 내 아이의 모습이었을까. 아이를 맡고 있는 담임 교사의 수업 진행 능력이었을까. 아니면 아이가 또래와 학교생활을 잘하고 있는지 보고 싶어 했을지도 모른다. 일부러 하루 시간을 비우고 오셨을 텐데 어떤 기대를 안고 학교로 발걸음을 옮긴 것일까.

이런 생각에 다다르자 내가 학부모라면 내 아이가 평소 학교에서 어떻게 지내는지 그 모습을 보고 싶다는 생각이 들었다. 내 아이가 보내는 학교에서의 일상생활. 잘 짜여진 각본대로 교사의 질문에 정답을 말하는 인위적인 수업이 아니라 내 아이가 지내는 '있는 그대로'의 교실 모습을 보고 싶어 하시진 않을까. 모두가 그러진 않겠지만 내가 학부모라면 그럴 것 같다.

물론 내 생각이 틀렸을 수도 있다. 많은 교사들이 학부모 공개수업 때 창의적 체험활동 중 '진로' 수업을 전개하여 아이들의 장점과 꿈에 대해 노래한다. 나는 꾸며지지 않는, 어제와 다르지 않는 사오반 교실의 모습과 수업을 그려보고자 했다. 교육학 이론 용어로 무장한 지도안처럼 보여주기식 수업을 전개하고 싶지 않았다. 교과를 국어로 정한 것도 공개수업 당일 그 시간이 원래 시간표상 국어였기 때문이다.

그렇게 화려한 PPT도, 칠판에 붙이는 시각적 자료도 없이 수업 시작을 알리는 종소리가 울려 퍼졌다. 교실 뒤는 이미 학부모들로 채워졌다. 아이들을 포함해 40명이 넘는 눈과 귀는 나를 향해 있었다. 그날 내 복장은 잘 다려진 짙은 네이비색 정장이 아닌 평소에 입고 출근하는 맨투맨 상의와 검정 슬랙스 바지였다.

시선을 오롯이 25명의 아이들을 바라보고자 노력했다. 학부모님들의 시선을 염두 한다면 평소와 다른 말투, 꾸며진 말과 행동으로 수업을 진행할 것 같았기 때문이다. 그렇게 아이들과 눈을 마주치면서 진행된 국어 수업. 그날에 우리가 마주한 시는 작가 신형건의 〈거인들이 사는 나라〉였다.

〈거인들이 사는 나라〉 신형건

단 하루만이라도 어른들을 거인국으로 보내자. …… 이마에 흐르는 땀을 훔쳐내며 어른들은 쩔쩔맬 거야. 그때, 어른들은 무슨 생각을 하게 될까?

"시를 읽고 느낀 점에 대해 발표해 볼 사람?"

예상은 했지만 아무도 손을 들지 않았다. 속으로 '평소대로 해 얘들아. 너희 잘하잖아!'라며 아이들에게 텔레파시를 보냈지만 아이들은 긴장한 표정으로 '선생님 저 떨려서 발표 못 하겠어요.'라는 눈빛을 보내왔다. 어른들이 지켜보고 있다는 분위기에 압도된 것일까. '공개수업'이라는 단어는 교사뿐만 아니라 아이들도 긴장을 갖게 하는 것 같다.

"음, 우리 친구들이 생각할 시간이 좀 더 필요한 것 같으니 그럼 선생님 먼저 발표해볼게. 선생님은 이 시의 작가가 우리 어린이들의 입장을 한번 이해해보라고 어른들을 거인국으로 보냈구나 하는 생각이 들었어."

발표해 볼 사람? 이라고 묻고 내가 발표했다.

"○○는 선생님 생각 어떤 거 같아?"

"저도 같은 생각이에요."

"오 그렇구나. 선생님은 △△이 생각도 궁금한데."

"저는 거인국에 가보고 싶다는 생각이 들었어요."

"선생님도 같은 생각이야. □□는 어때? 거인국 한번 가보고 싶어?"

"저는 가고 싶지 않지만 저희 부모님을 한번 보내드리고 싶어요."

학부모들에게서 웃음이 터져 나왔고 그렇게 발표인지 교사-학생과의 대화인지 그 경계가 모호한 질문과 대답이 오고 갔다. 손을 들고 일어서서, 반듯한 자세로 또박또박 '제 생각은 이렇습니다.'라고 말하는 틀에 갇힌 발표 형식을 없애자 아이들은 점점 '저는-'하며 자기 자리에서 목소리를 내고 있었다.

그 후 나는 시를 바꾸어 쓰는 활동을 전개했고 아이들은 대부분 자신의 부모님을 여행 보내드리는 효자, 효녀의 모습을 보여주었다.

"단 하루만이라도 엄마를 학원으로 보내자. 그러면 내가 얼마나 공부를 힘들게 하는지 알게 될 거야. 그때, 어른들은 무슨 생각을 하게 될까?"

"단 하루만이라도 아빠를 게임 속 세상으로 보내자. 그러면 내가 왜 게임을 왜 좋아하는지 알게 될 거야. 그때, 어른들은 무슨 생각을 하게 될까?"

"단 하루만이라도 부모님을 학교로 보내자. 그러면 내가 얼마나 열심히 공부하는지 알게 될 거야. 그때, 어른들은 무슨 생각을 하게 될까?"

아이들은 시를 통해 부모님께 하고 싶은 말을 간접적으로 표현했다. '오.'하는 짧은 감탄과 고개를 끄덕이는 모습을 학부모들에게서 볼 수 있었다. 그러던 중 평소에 발표를 많이 하지 않는 ◇◇가 손을 들고 말했다.

"단 하루만이라도 어른들을 쓰레기통으로 보내자."

쓰레기통으로 보낸다니. 무슨 의미일까. 어른들이 방문한 교실에서 그들을 쓰레기통으로 보내고 싶다니. 어른에 대한 적개심이 담긴 표현이라고 생각했다. 증오가 담긴 마음이었을까. 아니면 나를 당혹스럽게 만들려는 의도였을까. 학부모들에게도 충분히 불쾌감을 줄 수 있는 ◇◇의 단어 선택이었다.

어색한 기류가 교실을 덮었다. 아이들과 학부모들은 다소 당황하며 나와 ◇◇의 눈치를 살피는 것 같았다. ◇◇의 말을 중단하고 다음으로 넘어가느냐, 표현에 대한 주의를 주느냐, 또는 농담으로 주의를 환기시키느냐 등 여러 가지 선택지가 있었다. 쓰레기통으로 보내고 싶다고? 음, 그럴 수 있지. 나는 ◇◇의 이야기를 더 들어보고자 했다.

"◇◇는 어른들을 왜 쓰레기통으로 보내고 싶어?"

"저는 생선 비린내 때문에 생선 먹기가 너무 힘든데 엄마나 아빠나 선생님이나 다 생선을 억지로 먹으라고 그래요. 어른들을 비린내 나는 쓰레기통으로 보내면 제가 얼마나 그걸 힘들어하는지 알 수 있을 것 같아서요."

학부모들 사이에서 '아-'하는 탄식과 감탄이 방금 전 보다 더 크게 들려왔다. 이런 생각을 가지고 있었구나. 내 질문에 '어른들은 쓰레기니까요.'라는 답변이 나오진 않을까 솔직히 노심초사했었다. ◇◇의 이야기를 더 들어주지 않고 다른 선택지로 갔다면 그 마음은 그 누가 알아줬을까. 그렇게 ◇◇는 어른들이 모인 그날, 자신의 속마음을 시를 통해 나타냈다. '공개'수업에서 자신의 솔직한 마음을 공개한 ◇◇. 공개수업의 의미를 재해석하게 된다.

수업이 끝나는 종소리가 울렸다. 학부모들께 간단히 배웅의 인사를 드렸다. 오늘 우리 반 교실에서 무엇을 보고 돌아가셨을까. 그리고 어떤 이야기가 학부모 사이에서 오고 갔을지 나로서는 알 길이 없다. 그저 초보 담임 교사와 함께 공부하는 아이들의 평소 모습 그리고 아이들의 속마음을 알게 된 하루였길 희망한다.

"선생님 저희 잘했어요?"

"선생님 저 조금 떨렸어요."

"저희 엄마가 뭐라고 하셨어요?"

어른들이 물러가고 비로소 원래 자신들의 공간을 되찾은 아이들이었다.

내 머릿속엔 ◇◇의 발표 내용이 아직 남아있었다. 속마음은 그게 아닌데 아직 어려서, 아이들이라 미성숙하게 표현된 적이 있었을 텐데 그 속뜻을 오해하거나 쉽게 예단하진 않았는지. 아이들의 개별적인 특성과 환경, 그리고 발달단계를 고려하지 않고 그저 '교육적'이라는 명목으로 어른들이 정해놓은 것을 어떻게든 주입시키려고 하진 않았는지 되돌아보았다.

과거 초등학교에는 '말하기·듣기·쓰기' 교과서가 있었는데 2009 개정 교육과정이 도입되면서 2011년에 '듣기·말하기·쓰기'로 교과서 명칭이 바뀌었다. 지금이야 기능이 통합된 '국어'교과서 이지만 그 당시 '듣기'가 맨 앞으로 순서가 이동된 것은 말하는 것보다 듣는 것이 더 중요하다는 국어교육 패러다임이 적용된 결과였다.

그러나 어쩌면 아직도 나를 포함한 우리 선생님들은 듣는 것보다 말하는 것이 익숙할지 모른다. 교실에 들어선 순간부터 아이들을 집으로 보낼 때까지 말하는 것을 멈추지 않는다. 성대결절을 겪는 선생님들을 종종 볼 수 있는 것도 비슷한 맥락일 것이다. 이렇듯 교사는 말하는 직업이다. 그러나 말하기에 앞서 교사든 학부모든 아이들의 이야기를 들어주는 것이 선행되어야 한다고 느낀다.

학부모 공개수업. 평소의 수업 모습을 보여주려고 하다 평소 아이들을 대하는 내 모습을 되돌아보게 된다.

그렇게 다시 25명

"○○가 없으니까 우리 반이 허전한 거 같아요."

쉬는 시간에 아이들이 말했다. ○○는 그해 가을 전학을 갔다. 이 아이가 없어서 허전하다는 말은 그만큼 ○○가 사오반에 있어서 존재감을 나타냈다는 말이다.

존재감은 다양한 형태로 증명될 수 있다. 발표를 열심히 하는 아이, 말이 많은 아이, 급식을 잘 먹는 아이, 피아노를 잘 치는 아이 등 아이들은 각자의 방식대로 학교에서 존재감을 나타낸다.

○○는 소위 '말썽꾸러기' 타이틀로 자신의 존재를 나타내곤 했다. 키가 작고 안경을 쓴 이 남자아이는 익살스러운 표정과 짓궂은 행동으로 아이들을 웃고, 울리고, 화나게 만들었다. 사오반에게 희노애락을 준 친구라고 표현해도 괜찮을 것 같다. 여자아이들이 누군가의 잘못을 나에게 고하러 오면 반 이상의 지분을 차지하고 있는 아이였다. 글씨도 얼마나 본인만의 휘갈기는 서체를 만들어 나갔는지 '○○야. 선생님 이제 ○○가 쓴 암호해독 그만하고 싶어.'라고 종종 말하기도 했다.

그러나 나를 포함한 다른 선생님들은 이 아이를 미워하지 않았다. 그 특유의 표정과 행동이 귀여웠고 악의를 가지지 않았다는 것을 알고 있었기 때문이다. 11살의 성숙되지 않는, 표현의 서투름에서 나오는 까불거림이었다.

그렇게 사오반의 마스코트였던 ○○는 이사로 인해 전학을 가야만 했다. 종업식을 약 두 달 앞두고 있는 상황이었다. 우리 반 아이들은 롤링페이퍼를 써주었고 작별 인사를 주고받으며 우리 학교에서의 마지막 하교를 배웅해 주었다.

새로 간 학교, 새로운 환경에서 어떻게 적응해나갈까. 나만 빼고 서로 다 알고 지내는 사회에 들어가 적응해야 할 텐데 이는 어른에게도 쉽지 않을 것이다. 첫 발령 나고 맡은 아이들이라 애착이 남달랐는데 종업식이 오기 전에 작별을 말하다니. 아쉽고 서운했지만 잘 적응하기를 기도했다.

마스코트가 사라진 사오반은 평소보다 조용한 분위기를 찾는 듯했다. 일주일이 지나자 아이들의 입에서 '○○가 없으니까 우리 반이 허전한 거 같아요.'라는 말이 나왔다. 본인의 이미지를 희생하면서까지 대놓고 웃겨주는 친구가 없으니 그런 말이 나올 법했다. 부재는 존재를 증명한다더니. 아이들은 ○○의 부재를 통해 그가 얼마나 존재감이 있었는지 깨닫고 있었다.

그로부터 또 일주일 후, 아침에 출근해서 자리에 앉자마자 교무실로부터 오는 전화를 받았다. 실무사님의 목소리가 들려왔다.

"선생님, 4학년 5반 전학생 있어요. 1교시 끝나고 쉬는 시간에 올려보낼게요."

우리 반에 전학생이 있다고? 전학생은 당일 아침에 이렇게 받는 거구나. 일주일 전 정도 미리 예고를 받는 줄 알았는데. 담임으로서 전학 받는 절차를 거쳐야 하는 줄 알았다. 행정적인 부분은 행정실과 교무실에서 담당하고 내 역할은 그저 우리 반으로 온 아이를 반갑게 맞이하는 것이다. 아이를 전학 보내는 것도 처음, 전학 받아보는 것도 처음인 첫해다.

"애들아 우리 반에 전학생 온대."

"와아!"

아이들은 흥분을 감추지 않았다. 여자예요? 남자예요? 어디서 왔대요? 질문이 쏟아졌다. '응, 선생님도 전학생 처음 받아봐서 잘 몰라.'라고 대답해줄 뿐이었다. 나의 제안으로 우리 반은 새 친구를 교실 밖에서 환영해주기로 했다. 4층에 있는 우리 교실. 계단을 올라서면 바로 우리 교실이었기에 아이들은 계단 양쪽으로 나뉘어 나란히 섰다. 그리고 곧 등장한, 계단을 통해 올라오는 긴장한 표정의 여자아이를 박수로 맞이해주었다.

"어서 와!"

"반가워!"

"우리 반에 온 걸 환영해!"

환영하는 아이들의 외침이 박수 소리를 뚫고 들려왔다. 전학 온 아이는 옅게 미소를 보였고 옆에 계신 어머니 또한 예상하지 못한 기대에 놀란 표정이었다.

"새 친구에게 우리 반과 선생님에 대해서 소개해줄 사람?"

다시 교실 안. 아이들이 직접 우리 반에 대해 소개해주는 시간을 갖고자 했다. 쑥스러움은 오히려 전학 온 아이가 아닌 24명의 사오반 아이들에게서 볼 수 있었다. 서로 눈치를 주고받다가 △△가 말했다.

"우리 반은 체육을 좋아하고 담임 선생님도 좋아. 근데 선생님이 화나면 책 던질 수도 있으니까 조심해야 해."

그 말에 아이들의 웃음으로 쑥스러움과 어색함을 덮었다. 그렇다고 날 그렇게 소개하다니……. 지나간 일이었기에 웃으면서 할 수 있는 말이었다. 내 흑역사를 들추는 말이었지만 오히려 재치 있게 분위기를 만들어준 △△에게 고마웠다. 2교시는 시간표를 조정하여 운동장에서 피구를 진행했다. 피구만큼 아이들을 뭉치게 하는 것이 있을까. 전학 온 아이는 공을 주고받으며 우리 반으로 동화되고 있었다.

첫인상을 편안하게 심어주고 싶었다. 처음 마주하는 친구들과 선생님에 어색하고 어렵겠지만 곧 적응할 거라고, 사오반은 꽤 괜찮은 반이라고 메시지를 주고 싶었다. 먼저 전학을 보낸 ○○가 그 학교에서 잘 적응하고 지냈으면 하는 마음을 전학 온 아이에게 투영했던 것 같다. ○○에게도 사오반은 꽤 괜찮은 반이었다고 기억되길 바란다.

그렇게 사오반은 다시 25명의 존재감을 안았다. 초임의 첫해였기에 아이 한 명이 오고 가는 것에 민감했고 큰 의미를 부여했다. 익숙해져야겠다고 생각이 든다. 10월은 이별과 새로운 만남을 동시에 겪은 한 달이었다. 그리고 정말로 작별 인사를 해야 할 종업식을 두 달 남겨두고 있었다.

겨울왕국이 된 운동장

눈이 내렸다. 첫눈이다. 수업을 하는 중에 창밖으로 천천히 눈꽃이 피어났다. 아이들의 시선은 점점 창밖을 향했고 눈꽃은 함박눈이 되어 금세 운동장을 뒤덮었다. 쉬는 시간이 되어 바라본 운동장바닥은 연한 베이지색에서 흰색으로 모습이 변했다. 눈은 살짝 내리다가 그치지 않고 본격적인 1월을 알리는 듯이 펑펑 내렸다.

저 펑펑 내리는 존재가 눈이 아니라 비였다면 아이들은 야외체육을 하지 못한다고 아쉬워했을 것이다. 눈과 비 둘 다 구름에서 출발했지만 둘을 대하는 아이들의 환대에는 큰 차이가 있었다. 이런 날에는 저학년부터 고학년까지, 1학년부터 6학년까지 한마음이 되어 창문 곁으로 모인다. 각 학년 발달단계를 고려하여 가르쳐야 한다고 배웠지만 첫눈을 대하는 아이들 반응의 발달단계는 차이가 없어 보인다.

매 겨울마다 볼 수 있는 눈이지만 첫눈을 맞이하는 것은 왠지 모를 설렘과 뭉클함을 느끼게 되는 것 같다. 옛 생각이 나기도 하고 보고 싶은 사람들이 떠오르기도 한다. 아이들은 그저 저 하얀 운동장으로 나가 눈과 함께 놀고 싶어 하겠지만. 이미 나가게 해달라고 애원하는 눈빛들을 몇몇 볼 수 있었다. '선생님 눈 와요. 참 낭만적이지 않아요? 밖에 나가볼까요?'라며 애교 전략을 사용하는 아이들과 '지금 저 눈을 저희가 녹이지 않으면 집에 갈 때 미끄러워서 다칠지 몰라요.'하며 협박 전략을 사용하는 아이들. 각자 나름의 전략을 사용하며 나를 설득하고 있었다.

점심시간에 밥 잘 먹고 모두 양치질하고 청소까지 깨끗하게 하면 오후에 나가겠다는 조건으로 아이들과 외교 협상이 이루었다. 한 해 동안 교사는 '이렇게 하면 체육 해줄게.'라고 하고 아이들은 '이렇게 할 테니 체육 해주시면 안 돼요?'라고 했던 사오반 교실. 그곳의 담임이었던 나는 아이들과 서로 조건을 밀고 당기며 외교 협상을 지속적으로 이어갔던 초임 교사였다.

아이들은 약속을 지켰고 이제 내가 지킬 차례가 왔다. 다툼으로 번질 수 있는 눈싸움은 금지. 모둠별로 가장 큰 눈사람 만들어보기. 나가기 전에 규칙을 정하고 아이들을 외투, 장갑, 목도리로 무장시켰다. 장갑이 없는 아이들은 학습 준비물에 있는 목장갑을 끼게 했다.

그렇게 겨울왕국이 된 학교 운동장은 아이들이 점령했다. 춥지 않냐고 물으니 안 춥단다. 손 시려우니까 장갑 꼭 끼라고 말하니 차가워도 재미있단다. 우리 곁으로 온 첫눈을 충분히 환영해줬음에도 불구하고 눈은 그칠 조짐이 보이지 않았다. 눈은 계속해서 내렸고 아이들이 즐겁게 노는 소리 또한 계속 이어졌다.

그러나 아이들이 쏟은 노력에 비해 눈은 잘 뭉쳐지지 않았다. 가장 큰 눈사람 만들기는 여섯 모둠 중에서 1등을 가릴 수 없었다. 사실 '눈사람'을 만든 모둠을 찾을 수 없었다. 아이들은 애써 그나마 형태를 갖춘 눈뭉치를 손에 들고 있을 뿐이었다. 눈사람을 못 만들어도 아이들은 마냥 그 순간을 즐거워했다. 하긴 눈사람 크기가 뭐가 중요하겠어. 재미있는 추억 하나 만들었으면 됐지.

"선생님 우리 운동장에 글씨 써요!"

눈사람 만들기 콘테스트가 끝나고 ○○이의 제안으로 우리는 흰 운동장에 커다란 글씨를 새기기로 했다. 우리는 어떤 글자든 다 품을 수 있을 만큼 넓은 흰 도화지 위에 서 있었고 그곳에 연필 대신 삽으로 베이지색 글자를 썼다. 운동장에 새겨진 '4-5♡'는 돌아온 교실에서도 선명히 볼 수 있었다.

베이지색 글자는 그칠 줄 모르는 눈으로 금방 덮어질 것 같았다. 아이들은 글자가 지워지기 전에 사진으로 남기고자 휴대폰을 들었고 나는 그런 그들의 모습을 찍었다. 아이들의 휴대폰은 우리 학교에서 하교하기 전까지 꺼두기로 되어 있지만 이 순간만큼은 잠깐 허락해주었다. 사진은 나중에 기억이 되고 추억을 회상하는 길이 될 것이다. 내 첫 아이들과 첫눈을 함께 맞이한 날이었다.

'첫-'이라는 접두사는 다른 단어와 만나 그 단어에 처음의 감정과 떨리는 설렘을 가져오게 한다. 첫 학교, 첫 교실, 첫 아이들, 첫눈. 처음 반을 맡았고 처음 가르쳤다. 수업 준비하기, 아이 상담하기, 혼내기, 사과하기, 기쁨, 화남, 슬픔, 즐거움 모두 처음이었다. 그렇게 교사로서의 첫해는 모든 것이 처음으로 채워졌다.

반면에 첫눈이 내린다는 것은 그 단어의 뜻과 대조적으로 아이들과 만남의 여정을 마무리해야 할 종업식, '마지막'이 가까워지고 있다는 뜻이기도 했다. '처음'의 뜻을 안고 내려온 눈이 마지막을 예고하는 존재라니. 아이러니하다. 이런 생각에 다다르니 난 벌써부터 아쉬운데 너희들은 어떤 생각을 했을는지.

퇴근길에 본 운동장은 글자가 지워지고 다시 넓디넓은 흰 도화지가 되었다. 글자는 지워졌지만 남긴 사진으로 처음으로 겪은 그 경험과 순간순간들을 기억할 수 있겠지. 처음이라 모든 것이 서툴렀을 텐데 그 서투름이 아이들에게 티가 났는지 모르겠다. 아마 티 났을 것 같다.

어서 와 12살은 처음이지

'어서 와 12살은 처음이지'

한 해가 바뀌었다. 새해 첫날을 보내고 1월 2일 우리는 학교에서 다시 만났다. 평소보다 교실에 일찍 도착해서 칠판에 위와 같은 문구를 적어놓았다. 나와 아이들은 서로의 나이에 1을 더했다. 이제는 25살과 12살. 그렇지만 아이들은 아직 4학년이었다. 종업식을 아직 하지 않았기 때문이다.

요즘은 1월 중순에 겨울 방학식과 종업식, 그리고 졸업식을 하루한 날에 함께하는 학교가 점점 많아지고 있다. 2월에 학교 오는 날이 없고 약 한 달 반가량 쭉 방학을 가지다가 3월 2일에 바로 개학하는 것이다. 이는 상대적으로 여름방학보다 긴 겨울방학 기간을 활용해 이중창 설치, 석면 제거 등 학교 내부공사를 진행하려는 의도도 반영된 결과인 것 같다. 반면에 12월 말에 겨울 방학식을 하고 2월 초에 일주일 정도 다시 학교에 나온 후 종업식(졸업식)을 하는 학교도 있다. 이렇게 종업식 날짜는 지역마다 시대마다 조금씩 차이를 보인다.

우리 학교는 전자에 속했다. 2월 초에 있는 학사일정을 1월로 당겨와서 소화한 후 1월 중순에 종업식, 겨울 방학식, 6학년 졸업식을 함께 했다. 강당이 없는 우리 학교는 종업식과 졸업식을 각 교실에서 방송으로 진행했다.

졸업식 준비는 본래 6학년 선생님들의 몫이지만 학교 방송을 담당하고 있는 사람이 나였기에 일정 부분은 함께 준비해야 했다. 그렇게 1월 초는 우리 반 아이들과 한 해를 마무리하는 시간, 종업식과 졸업식을 준비하는 시간으로 보냈다. 학교 방송 송출 상태, 영상출력, 시나리오 순서 등을 수시로 점검하고 종업식 날 우리 반 아이들에게 보여줄 영상도 만들면서.

영상 만드는 것이 며칠 동안 꽤 골치 아프게 했다. 퇴근하고 집에 오면 노트북을 열어 영상 작업을 이어갔다. 1년 동안 아이들의 모습이 담긴 사진과 동영상을 모아 추려내고 배경음악을 덮었다. 학년 초 3월에 찍었던 사진과 지금 아이들의 모습을 비교해보니 많이 컸음이 확연히 느껴졌다. 1년 사이에 키도 크고 덩치도 커지고 그렇게 몸과 마음이 자랐겠지. 사진에선 눈으로 확인할 수 없지만 지성과 인성도 한층 성장했음에 의심치 않는다.

아이들은 자랐다. 나도 자랐을까. 조금은 초보 티를 벗어나고 생활지도나 수업에서 나름 노련한 모습이 생겼을까. 성장한 부분도 있겠지만 아직은 서툰 부분이 남아있겠지. 약 40년의 교직 생활에서 이제 겨우 1년이 지난다. 첫술에 배부를 순 없겠지만 이렇게 초등교사로서 첫해를 마쳤다는 것에 위안을 삼았다.

생각보다 아이들 사진이 많이 없었다. 남는 건 사진이라고 했거

늘. 이럴 줄 알았으면 평소에 카메라 좀 많이 들이대 볼걸. 한 명 한 명 웃는 모습을 담아볼걸. 카메라를 켜면 쑥스러워하는 아이들이었는데 그래도 우리의 기억을 좀 더 남겨볼 걸 하는 아쉬움이 들었다.

영상 작업은 종업식 하루 전날까지도 계속되었다. 동영상 코딩 중에 과부하가 됐는지 노트북이 자꾸 꺼지고 오류가 나기 일쑤였다. 일주일 동안 만든 건데. 내일 아니면 보여줄 기회가 없는데. '하나님 제발 한 번만 도와주시면 진짜 착하게 살게요.'라고 또 한 번 기도를 드리면서 밤새 고군분투했다. 새벽 2시가 되어서야 내 기도를 들어주셨다. 25명의 아이들에게 줄 손 편지도 모두 준비를 마쳤다. 그렇게 새벽 늦게 잠들고 종업식을 맞이했다.

그날의 출근길은 여느 날과 다르지 않았다. 잠이 덜 깬 눈으로 출근하는 사람들, 1월 중순의 추운 겨울의 온도, 학교를 향하는 기분까지. 평소와 같아서 스스로 의아했다. 내 첫 아이들을 마지막으로 보는 날이라 섭섭한 마음이 있어야 할 텐데. 아쉽고 슬프고 그래야 정상이지 않나? 왜 아무렇지도 않지. 그토록 '첫 아이들'이라는 타이틀을 달아주며 매일 봤던 사오반 아이들인데. 그들과 헤어지는 그날 출근길은 오히려 무덤덤으로 평온했다.

교실에서 만난 아이들도 평소 모습 그대로였다. 웃고 떠들고 여느 때의 사오반 풍경이었다. 1교시는 우리 서로 사진 찍는 시간을 가졌다. 아이들 사진이 많이 남기지 못했다고 깨달은 나였기에 벼락치기라도 서로의 모습을 기억에 새기고자 했던 것 같다. 2교시에는 새벽 2시에 완성한 그 영상을 보았다. 화면에는 지난 1년간 우리의 하루하루가 담겨 있었다. 아쉽고 뭉클한 감정이 들 법도 한데 그때까지도 내 마음은 고요했다. 참으로 아이러니했다. 벌써 아이들과 만나고 헤어짐에 익숙해진 건가.

영상이 끝났고 이제 종례해야 하는 시간이 왔다. 마침내 마지막 종례이다. 자리에 일어나서 아이들을 바라보는 그 순간 아무 말도 할 수가 없었다. 나를 바라보는 25명의 눈빛은 순식간에 내 목을 메이게 만들었다. 방금 전까지만 하더라도 일상의 교실이었는데. 학교 오는 길, 아이들과 사진 찍는 1교시, 영상 보는 시간 모두 일상의 평범함이었는데. 이젠 그 평범함과의 이별이다. 무언가 헤아릴 수 없는 감정이 안에서 솟구쳐 나와 분출하려 했고 내 얼굴 근육들은 애써 그걸 막아내고자 했다. 교사의 감정이 아이들에게 전이되듯이 아이들은 이미 내 감정을 읽고 있었다. 눈물을 보이는 아이가 보이자 나는 한 글자 한 글자 토해내기가 너무 버거웠다.

'선생님의 첫 제자가 되어주어서 너무 고마웠어. 선생님도 선생님이 처음이라 많이 서툴렀을 텐데 그동안 소리만 지른 것 같고 잘 못해줘서 미안해. 선생님은 너희들과 함께여서 정말 행복한 한 해를 보냈다. 4학년 한 해 동안 고생했고요, 5학년 올라가서는 더 좋은 선생님 만나기를 바랍니다. 자, 집에 갑시다.'

이것이 원래 내가 생각해두었던 종례 멘트다. 나름 감동적인 표현으로 뭉클한 분위기를 연출하여 아이들을 울려볼까 하는 생각으로 준비해두었던 건데. 정작 눈물을 보일 것 같은 사람은 담임인 나였다.

"자, 한 해 동안 고생 많았고 이제 집에 갑시다."

실제로는 이것이 내 종례 멘트가 되었다. 준비한 것에 비하면 초라한 한 문장. 이 한 문장을 말하기까지 눈물을 보이지 않으려고 얼마나 애썼는지. 마지막인데 한 명 한 명 얼굴을 똑바로 쳐다보기 어려웠다. 3교시는 졸업 방송을 진행해야 했기에 여유로운 작별 인사를 보내지 못하고 허겁지겁 방송실로 달려왔다.

혼자 있는 방송실. 그제서야 애써 참아왔던 감정이 눈물로 분출되었다. 어쩐지 이날 출근길이 평온하더라니. 평범함과 무덤덤의 연속이어서 의아했었는데. 왜 아쉬운 마음이 없을까 했는데 결국은 마지막에 이렇게 터지는구나. 방송실엔 아무도 없어 내 감정이 표출되는 대로 놔두었다. 그러면서 나는 내가 맡은 일을 해야 했다. 준비된 시나리오대로 6학년 교실에 졸업 방송을 송출했다. 아이들을 졸업으로 떠나보내는 6학년 담임 선생님의 기분은 어떠할까.

종업식으로 다음 학년으로 올려보낸 아이들은 다음 새 학년도에 학교에서 마주칠 수 있다. 그때는 '우리 반'이 아니겠지만 나를 거쳐 간 아이들이 이후에 커가는 모습을 간접적으로 지켜볼 수 있는 것이다. 그러나 그 당시 나는 군입대를 신청한 상태였다. 입영 날짜가 아직 발표되지 않았지만 새 학기가 시작되면 나는 군대에 있을지도 모른다. 아이들도 학부모도 내가 군대를 가야 한다는 사실을 어렴

풋이 알고 있었다. 새 학년 새 학기가 시작하면 우리는 더 이상 못 볼지도 모른다는 것을 서로가 알고 있었다. 아마 약 2년 뒤에나 다시 만나겠지. 전역해서 돌아오면 사오반 아이들은 중학생이 되어있을 것이다. 처음 느끼는 복잡한 생각과 감정. 그것들로 채워진 종업식이었다.

선생님 집에 놀러 가도 돼요?

사오반 아이들과 함께했던 1년 내내 나에게 끊임없이 들어온 질문은 내 나이와 내가 사는 곳의 주소였다. 그 외에도 여자 친구의 유무, 좋아하는 연예인, 누구랑 같이 사는지 등 아이들은 나의 사생활 모든 것을 궁금하며 질문하곤 했다. 수업 시간에나 그렇게 질문 좀 해주지. 아이들의 호기심은 지적 호기심보다 담임 선생님에 대한 호기심이 더 큰 듯 보였다.

나는 그런 호기심을 그저 '안 돼. 선생님 개인정보라 알려줄 수 없어.'라고 막는 것 대신에 종종 수업에 활용하고자 했다. 연쇄적인 수학 문제를 만들어 최종 답이 내 나이가 나올 수 있도록 하거나. 또는 지도를 출력하여 사회 시간에 나오는 축척 개념과 수학의 각도 개념을 융합하여 내가 사는 집을 유추해 볼 수 있도록 수업을 전개한 적이 있다. 아이들은 내 나이와 집 주소에 다가가고자 열심히 학습활동에 몰입했다. 이런 식으로 종종 수업을 전개해나가니 종업식이 다가올 즈음에는 이미 우리 반 모두가 내 나이와 집 주소를 알고 있었다.

"방학 때 선생님 집에 놀러 가도 돼요?"

종업식, 그러니까 겨울 방학식 하루 전에 아이들이 나에게 물었다. 집 주소를 알아냈으니 이제 한 단계 더 나아가는구나 얘들아. 이젠 내 집에 들어오려 하다니. 선생님 집에 놀러 오는 반 아이들이라. 한 번도 생각해 본 적 없는데. 왠지 영화나 농어촌 학교를 그린 소설에 있을 법한 이야기 같았다. 이때가 아니면 언제 또 내 아이들이 우리 집에 놀러 오고 싶어 할까. 말 나온 김에 나는 충동적으로 수락해버렸다. 대신 다음과 같은 조건을 붙였다. 혹여나 불필요한 오해를 막기 위해서였다.

1. 부모님에게 허락 맡기
2. 미리 선생님한테 연락하기
3. 여자아이들끼리만 오지 않기
4. 양손에 아무것도 들고 오지 않기

종업식을 했고 우리는 겨울방학을 맞이했다. 나는 또다시 대구로 내려가 계절제 대학원 수업을 들은 후 군입대 신청 결과를 기다리며 이불 안에서 안전하게 지내고 있었다. 나른한 오후의 적막함을 뚫고 나를 찾는 메시지 알림음이 울렸다. '선생님 이번 주에 놀러 가도 돼요?' 종업식으로 인해 '내 반 아이들'이라는 영역에서 벗어났음에도 불구하고 다시 나를 기억해주는 아이들이 반가웠다.

사생활이 담겨 있는 집을 아이들에게 온전히 공개해도 괜찮은 걸까. 어차피 군대 가게 되면 이 방도 뺄 텐데 뭐. 가기 전으로 마지막으로 추억하나 남겨주자. 그런 생각을 하면서 집을 청소했다. 교실을 깨끗이 하자고 아이들에게 끊임없이 강조했었는데 모순된 모습을 보여줄 순 없다. 선생님은 깨끗하고 정리 정돈된 방 상태를 유지하고 있다는 메시지를 주어야 하지 않을까. '엄마, 선생님 집 개판이야.'라던가 '엄마, 선생님 집 내 방보다 더러워.'와 같은 말이 학부모들의 귀에 들어가면 안 되니까.

약속된 날에 아이들은 진짜로 왔다. '띵동'하는 벨소리에 문을 열고 마주한 웃는 모습의 아이들. 매일 봤던 너희들이었는데 방학 중에 이렇게 만나는 게 이토록 반가울 줄이야. 다신 못 보는 줄 알고 종업식 때 남몰래 그렇게 엉엉 울었었는데. 그랬던 모습을 너희들은 아는지 모르겠다. 아이들은 위 4개의 약속을 모두 잘 지키면서 내 집을 방문했다. 잠깐 못 본 사이에 그새 키가 더 자란 듯했다. 내 키를 따라잡을 날이 얼마 남지 않아 보였다.

우리는 보드게임을 했고 음식을 시켜 먹었다. 물론 내가 계산했기에 웃음 가득한 분위기와 대조적으로 내 지갑은 울고 있었다. '사실은 그때 그랬어요.'라고 1년을 회상하면서 솔직한 고백으로 이야기를 나누기도 했다. 이미 알고 있었던 이야기도 있었지만 그렇지 않은 내용도 새롭게 들을 수 있었다. 학교에서 내가 살펴보지 못했던 아이들의 마음, 학교에서 내가 관찰하지 못했던 아이들의 경험과 또래관계. 대화의 중요성을 또 한 번 느낀다.

언젠가는 나도 학급 아이들의 생각, 감정, 경험 모든 것을 올바르게 잘 파악하고 이해할 수 있는 교사가 될 수 있을는지 모르겠다. 아니면 이것이 이상적인 세계에만 존재하는 교사의 모습일까. 나름 잘 챙기고 세심하게 살펴보고자 했는데. 1년을 이 아이들의 담임으로 있었는데 내가 모르는 부분이 아직 있었다니. 또다시 나에게 가르침을 주는 아이들이었다.

공간이 교실에서 집으로 옮겨지니 아이들은 학생이 아니라 마치 사촌 동생들 같았다. 사석에서 만난 자리였기에 교사-학생 간 경계는 다소 허물어졌지만 그럼에도 우리는 형·오빠-동생으로 맺어진 사이가 아니었으므로 말과 행동에 주의를 유지했다. 아이들도 그 부분을 아는 듯 이제는 말하지 않아도 스스로 기본적인 예의를 지키며 우리 집에서 지냈다.

노을의 붉은색이 초저녁의 푸른색으로 뒤덮어질 때 즈음 아이들을 돌려보냈다. 내 작별 인사는 '얘들아 5학년 잘 올라가.'였고 아이들의 작별 인사는 '선생님 군대 잘 다녀오세요.'였다. 그 겨울방학 동안 우리 집을 방문한 사오반 아이들은 3명, 4명으로 총 7명이었다.

2부

땀 흘리며 성장하는 시간

올해는 체육 교사가 되었습니다

'윤희상님 공군병 합격을 축하드립니다. 귀하의 입영 날짜는 6월 25일입니다.'

합격 소식이지만 반갑지 않은 메시지가 왔다. 그동안 내가 받은 합격 소식 중에서 제일 달갑지 않은 합격이다. 지난해 수업한 4학년 사회 교과서에는 국민의 의무가 등장한다. 그중 하나인 국방의 의무. 아이들에게 가르쳤었는데 이제는 몸소 그 의무를 시행할 때가 다가왔다.

보통 20대 초반 대학생이라면 군휴학을 내고 군복무를 하는 경우가 일반적이지만 교육대학교 남학생들은 그렇지 않다. 휴학 없이 4년을 다니면서 임용고시를 준비하고 시험에 합격 후 바로 가거나 발령 난 학교에서 1년 정도 근무하다가 가는 경우가 많다. 교육과정이 수시로 바뀌기 때문에 교육대학교 재학 중 군대를 다녀오면 바뀐 교육과정으로 다시 공부해야 할 수도 있기 때문이다. 물론 줄어드는 초등 임용 TO도 한몫을 한다.

초임이셨던 내 초등학교 5학년 담임 선생님께서도 첫 제자였던 우리를 한 해 동안 가르치시고 다음 해 바로 군입대를 하셨었다. 이제는 내가 스물다섯이 되어 그 길을 똑같이 걷고 있다니. 중학교 2

학년 때 다시 학교로 복직하신 그 선생님을 찾아간 적이 있었는데. 2~3년 뒤에는 국방의 의무를 마치고 복직한 나를 보고자 학교에 찾아오는 학생이 있을지 모르겠다. 있었으면 좋겠다.

6월 25일이 입대일이니 6월 24일까지는 학교에서 근무해야 했다. 교사가 아이들을 가르치다가 중간에 자리를 장기간 비우면 어떻게 될까. 군휴직, 육아 휴직, 연구년, 유학 휴직 등 다양한 휴직제도 안에서 교사의 공백이 생기면 그 기간 동안 빈자리는 기간제 교사로 채워진다. 기간제 교사는 임용고시를 붙고 아직 발령이 나지 않은 발령 대기 상태인 선생님이나 퇴직하신 선생님 중에서 구할 수 있다. 또는 과학, 영어 등 교과전담인 경우 각 교과의 교사자격증이 있는 분을 모집한다.

내가 만약 그 해 학급 담임을 맡으면 6월 25일 이후엔 학급 담임이 바뀌게 될 것이다. 중간에 담임 교사가 바뀌는 것은 반 아이들과 학부모에게도 달갑지 않은 일이다. 아이들은 새로운 담임 선생님과 다시 처음부터 레포 형성을 해야 하고 서로의 규칙, 약속, 생활양식 등을 다시 만들어가야 하기 때문이다. 이는 아이들에게도 혼란을 야기하며 일관성 있는 학급 교육과정을 실행하기 어렵다. 따라서 나는 그해 학교 교무부서와의 논의 끝에 6월 24일까지 담임이 아닌 교과전담으로서 교사의 역할을 수행하기로 했다. 내가 맡게 된 교과는 체육. 젊은 남자 교사가 맡기 딱 적절한 교과이다. 그렇게 두 번째 해에 나는 체육 교사가 되었다.

5-6학년 체육을 맡았다. 가르쳐야 할 학생이 한 반에서 5학년 4학급, 6학년 4학급, 총 여덟 개의 반으로 늘어났다. 가르쳐야 할 아이들은 200명이 넘었다. 5학년 아이들은 작년에 봤다 하더라도 6학년 아이들을 가르치는 것은 처음인데. 아이들 이름을 언제 다 외우지. 아니, 다 외울 수는 있을까. 겨울방학을 1~2주 앞둔 상황에서 내가 할 수 있는 것은 개학 후 원활한 체육수업을 진행하기 위해 교구와 체육 교육과정을 준비하는 일이었다.

그러기 위해서 우선 학교 건물 밖 운동장 조회대에 있는 체육 창고를 정리했다. 자물쇠를 풀고 문을 연 그곳은 체육 창고인지 그냥 창고인지 아니면 지하실인지 구분이 갈 수 없을 정도로 온갖 체육 교구들과 먼지들로 뒤섞여 있었다. 발을 내딛기도 어려울 정도였다. 각 학급에서 체육수업 때 필요한 교구를 가져다 쓰고 정돈 없이 그저 체육 창고에 집어넣었기 때문인 것 같다.

마스크와 목장갑을 끼고 그 먼지 구덩이로 들어갔다. 파손되거나 더 이상 쓸 수 없는 교구를 밖으로 내보내고 크기와 용도에 따라 위치를 정해 정리했다. 매트나 평균대, 뜀틀 같이 무거운 것은 남자 선생님들의 도움으로 옮길 수 있었다. 혼자였으면 불가능했을 것이다. 우리 학교에 남자 선생님이 나를 포함해 3명인 것은 다행이었다. 학교에 남자 선생님이 필요한 이유를 또 하나 찾았다.

학교 건물 안에서는 20여 개의 책상과 의자를 통째로 비운 교실 하나가 실내 활동실로 재탄생했고 그곳이 내 자리가 되었다. 작년이맘때쯤에는 교실을 가꾸느라 분주했었는데. 엄마 선생님들을 따라가 학급 물품을 사고 그랬었는데 이제는 환경 게시판을 꾸미거나 사물함 이름표를 붙일 필요도 없다. 내 반, 우리 반 학생이라는 개념도 없어졌다. 책상과 의자가 없는 빈 실내 활동실에 온기를 가지고 있는 것은 나 혼자뿐이었다.

교사로서 두 번째 해를 맞이한다. 개학하고 다시 마주한 아이들은 키가 더 컸으려나. 6학년 중에서는 나보다 덩치가 더 큰 아이도 있을 것 같은데. 아이들은 내가 이미 군대 간 줄로 알고 있겠지. 5학년 첫 체육 시간에 등장한 체육 선생님이 나인 것을 알면 어떤 반응일까.

"선생님 군대 안 가셨어요?"

"선생님 군대 언제 가세요?"

벌써부터 그들의 목소리가 들리는 듯하다. 난 준비가 되어있다 얘들아. 다 들어와라. 4개월 동안 선생님이랑 재미있게 운동장에서 뛰어 놀아보자.

담임이었을 때는 몰랐던 것

다시 만난 우리들은 서로 반가움을 주고받았다. 이제는 5학년과 체육 선생님으로서 관계가 재정의되었지만 여전히 우리는 가르치고 배우는 배움 공동체 안에 있었다. 학습의 공간은 교실에서 운동장으로 변경되었고 내 복장도 트레이닝복으로 바뀌었다. 체육복을 입고 운동화를 신은 채 학교로 출근하는 길. 교사로서 둘째 해, 새 학년 새 학기가 시작되었다.

내 어릴 적 체육수업은 아나공 수업이 주를 이루었던 것으로 기억된다. '아나'는 '여기'라는 뜻의 경상도 사투리로 '여기 공.'하면서 공 하나 던져주고 아이들끼리 알아서 노는 체육수업을 풍자하는 단어다. 지금은 아나공 수업이 많이 없어진 듯하다. 내가 수업하지 않는 1~4학년 학급의 체육수업을 지켜보면 각 담임 선생님들은 학급에 알맞게 재미있는 체육활동을 전개해나가신다.

아이들과 수업하면 자연스럽게 체력이 향상되는 것 외에 체육 전담의 장점 중 하나는 일주일에 5학년 하나, 6학년 하나 총 2개의 수업만 준비하면 되는 것이다. 때문에 교재 연구와 수업 준비할 시간이 담임 교사에 비해 많이 확보되어 질 좋은 체육수업을 준비할 수 있다. 그해만큼은 다들 나를 '체육 선생님'이라고 불러주었기 때문에 그 명칭을 듣기에 부족하지 않은 모습을 나타내고자 했다.

우선 아이들의 이름을 외워야 했다. 내가 부를 수 있는 이름은 5학년이 되어 내 앞에 있는, 작년에 맡은 사오반 아이들뿐이었다. 얼굴은 익숙한데 이름을 모르는 아이들이 대다수였다. 이럴 줄 알았으면 작년에 옆 반 아이들도 신경을 써볼걸. 연구실에서 들리는 다른 반 이야기에는 귀를 기울이지 않았었다. 초임이었던 해는 너무 우리 반 아이들에게 국한되어 내 반에만 관심을 쏟았던 것 같다. 우리 반뿐만 아니라 우리 '학년'에도 관심을 가질 수 있었는데 그러지 않았던 것이다. 내가 맡은 아이들만 잘 가르치면 된다고 생각했었는데. 전담 교사가 되니 우리 학교를 다니는 학생 모두가 가르침의 대상인 것을 깨닫는다. 다른 반 학생이 아니라 내가 가르쳐야 할 학생이었다.

아, 6학년 아이들 이름도 외워야 하는데. 지민, 지인, 지수, 지우, 지영, 지현, 지원. 비슷한 이름이 왜 이리도 많은지. 이름을 외우기 전까진 '어…… 거기 저기야.'라고 부르는 것이 최선이었다. 아이들의 이름은 '저기야'가 아니었고 나 또한 계속해서 그리 부를 수 없었다. 각 반 담임 선생님으로부터 학급 단체 사진을 받아 얼굴 옆에 이름을 적으면서 외웠다. 기억을 되짚어 '○○야.'라고 이름을 불러주면 '어! 선생님 제 이름 아세요?'라고 반응하는 아이들이었다. 이름 한 번 불러주는 것, 전담 선생님이 자신의 이름을 기억해줬다는 것에 기뻐하는 아이들이다. 김춘수 시인의 시 '꽃'이 생각났다.

내가 그의 이름을 불러주기 전에는

그는 다만

하나의 몸짓에 지나지 않았다.

내가 그의 이름을 불러주었을 때,

그는 나에게로 와서

꽃이 되었다.

　200명이 넘는 몸짓은 나에게 왔고 나는 그 몸짓을 꽃으로 바꾸려 했다. 얼굴과 이름을 짝 맞추어 외우다 보니 아이들 각각의 고유한 모습과 행동 특성이 머릿속에 새겨졌다. 복도에서 마주친 한 아이가 '선생님, 저 뭐 달라진 거 없어요?'라고 묻자 자동적으로 '음, 안경 바꿨네.'라고 답할 수 있었다. 나중에는 인사하는 아이들의 목소리만 듣고서 누구인지 구분할 수 있는 정도까지 되었다.

　한 교시 수업을 끝내고 교실로 돌려보내기가 무섭게 바로 다음 반 아이들의 몸짓이 운동장을 향해 뛰어나온다. 교과의 특성상 나는 오전 내내 운동장에 있는 시간이 많았다. 쉬는 시간에는 창문을 통해 운동장에 있는 나에게 '선생님!'하며 손 흔들어 인사해주는 아이들도 있었다. 쉬는 시간은 10분. 나는 그 시간을 오롯이 교구 정리하는 데에 다 썼다. '체육'이라는 이유 하나만으로 쉬는 시간부터 나를 찾는 아이들. 숨 한 번 돌리면 또 다른 25명의 아이들이 저마다의 몸짓으로 내 앞에 나와 있다. 체력을 좀 더 길러야겠다.

그리고 나의 관심은 자연스럽게 아이들의 체력과 운동능력, 건강 상태로 연결되었다. 천식이 있는 학생은 심폐지구력 활동을 자제하고, 열이 나는 학생은 바로 보건실로, 깁스를 한 학생은 나와 같이 심판의 역할을 하는 등. 매 수업 전후로 아이들의 건강 상태 확인하고 이에 알맞은 적절한 조치가 필요함을 느꼈다. 특히 고학년 여자 아이 중 월경을 시작하는 아이도 있었기에 세심한 주의가 요구되었다. 항상 '오늘 조금 컨디션이 안 좋아서 신체활동 하기 어려운 학생?'이라고 물으며 수업을 시작했는데 배를 움켜잡고 손드는 여자 아이가 있으면 어디가 아프냐고 자세히 묻지 않는 지혜도 필요했다.

전담 교사는 담당 학급이 없기에 아이들에 대한 책임이 담임 교사에 비해 상대적으로 덜했지만 내가 주어야 하는 관심과 애정의 대상은 25명에서 200명으로 확대되었다. 한 명 한 명 이름을 외우고, 개인적 특성을 기억하며, 매일 건강 체크를 하는 등 일반적으로 체육 교사가 가지는 투박하고 털털한 이미지와는 반대로 아이들을 향한 세심한 접근에 에너지를 기울여야 했다.

담임인지 전담인지에 상관없이 교사는 자신이 가르치는 아이들에게 애정과 관심을 담아야 한다. 어쩌면 교사는 그것을 주는 존재고 학생들은 받는 존재일 것이다. 내가 주고 있는 애정 어린 관심이 아이들에게 양분이 되어 올바르게 자라나길 바랄 뿐이다.

미세먼지 vs 야외수업

언젠가부터 일기예보에 미세먼지 정보를 알려주기 시작했다. 기온, 바람, 강수량에 대한 이야기를 주로 했던 것 같은데 이제는 미세먼지 관련 정보가 일기예보에 필수로 자리 잡았다. '내일 아침 우산 챙기셔야겠습니다.' 보다 '내일 아침 마스크 챙기셔야겠습니다.'라는 말을 기상캐스터로부터 듣는다.

좋음-보통-나쁨-매우 나쁨의 4단계로 나누어진 대기오염 정보는 학교 선생님들에게도 관심 대상이 되었다. 특히 체육을 담당하는 나, 그리고 보건 선생님에게는 더욱 그러했다. 우리 학교는 그날의 미세먼지 정보를 알리는 전광판을 정문에 설치했고 보건 선생님은 3시간마다 업데이트되는 정보를 교내 메신저를 통해 알려주셨다.

'현재 미세먼지 나쁨이니 각 교실에서는 환기를 자제해주세요.'

'오늘 미세먼지 나쁨으로 점심시간에 아이들 운동장 밖으로 나가지 않게 지도해주세요.'

나도 보건 선생님과 같이 매 교시 해당 학급에 메신저를 보내야 했다.

'선생님 오늘 미세먼지가 좋지 않아 교실에서 체육 이론 수업하겠습니다.'

'선생님 지금 미세먼지가 보통입니다. 아이들 운동장으로 보내주세요.'

5-6학년 담임 선생님들은 내 메신저에 맞추어 아이들을 운동장 혹은 실내 활동실로 보내거나 내가 오기까지 교실에서 기다리게 했다. 물론 아이들은 교실에 앉아있는 것보다 몸을 움직이는 것을 더 선호한다. 부득이 나가지 못하는 날이면 '오늘 체육은 교실에서 합니다.'라는 말을 들은 아이들의 실망한 표정이 머릿속에 생생히 그려진다.

체육수업이 있는 날에 등교하는 아이들은 건물을 들어서면서 바로 전광판부터 확인한다. 혹여 '미세먼지 나쁨'이라고 표시되어 있으면 야외체육을 하지 못함을 깨닫고 좌절했다. '오 노우!', '안 돼!', '아 제발'하는 절규의 목소리가 아침부터 등굣길에 들리곤 했다.

아이들은 강당이 있는 학교를 부러워했고 나 또한 그랬다. 바람이 불지 않은 곳에서 배드민턴 수업을 원활하게 할 수 있고 매일 미세먼지 알림 전광판을 신경 쓰지 않아도 될 텐데. 그 해는 미세먼지로 인해 계획된 체육대회 일정을 두 번이나 연기하고 결국엔 실내 프로그램으로 대체했기에 더욱더 강당에 대한 수요의 목소리는 학생, 학부모, 교사를 막론하고 높아져만 갔다.

"선생님 저는 미세먼지 마셔도 괜찮으니까 밖에서 체육 해주시면 안 될까요?"

"선생님 저 숨 안 쉬고 체육 할게요. 운동장 나가요. 제발요. 네?"

아이들의 민원과 청원으로 맞이하는 아침. 교육지원청에서 대기 오염 정도에 따라 야외활동을 지양하라는 공문까지 내려왔다. 얘들아, 공기는 선생님도 어떻게 할 수가 없단다. '미세먼지 나쁠 때 선생님이 너희 데리고 운동장 나가면 나 혼나. 잡혀가. 안 돼.'라고 맞받아쳤다.

'미세먼지 나쁨'을 나타내는 전광판 표시는 아이들뿐만 아니라 나에게도 곤혹을 안긴다. 준비한 야외 체육수업을 취소하고 교실이나 실내 활동실에서 제한된 수업을 전개해야 하기 때문이다. 물론 이를 대비해서 실내수업도 준비해두긴 하지만 운동장에서만큼 역동적이고 재미있는 체육활동을 진행하긴 어렵다. 교실에서는 뛸 수도, 맘껏 소리 내며 응원할 수도 없다.

때문에 교실로 옮겨진 체육수업에서는 '소리 내지 않기'가 규칙이 된다. 체육 시간에 소리를 내지 말라니. 아이러니하지만 어쩔 수 없다. 옆 반은 다른 교과 수업 중일 테니까. 그래서 교실 체육을 할 때는 체육보다 레크레이션에 가까운 활동을 펼친다. 운동장에서는 체육 선생님, 교실에서는 레크레이션 강사가 되어야 했다.

"야 뛰지 마. 밑에 교실 층간소음 들릴지도 몰라."

"얘들아 조용히 해. 옆 반 지금 수업 중이야."

실내 체육이 익숙해질수록 아이들은 내가 말하지 않아도 서로를 다독이며 배려의 자세를 보여주었다. 물론 내가 조용히 시킬 때가 더 많았던 것 같지만. 얼마나 뛰어놀고 싶을까. 맘껏 뛰고 땀 흘리고 큰 소리로 웃고 싶을 텐데. 꾹 참고 잘 따라와 주는 모습이 대견했다.

"선생님 저희 반 오늘 잘했어요?"

"응, 1반이 제일 잘하는 거 같은데."

1반 수업을 마치고 한 아이의 질문에 이렇게 칭찬했다. 하지만 다음 수업이 있는 2반에 들어가서는 2반이 최고라고 말해준다. 3반 수업 시에는 3반 아이들이 최고가 된다. 4반 역시 마찬가지다. 그렇게 하면 어느 반이든지 체육을 못하는 반은 없다. 다 모두 최고의 반이 된다.

아이들은 자신의 반이 체육 선생님이 인정한, 체육을 제일 열심히 잘하는 반이라고 생각하기 때문에 운동장 수업이든 교실 수업이든 상관없이 노력하는 모습을 보여준다. 그런 모습을 보면 나도 노력을 안 할 수가 없다. 더 재밌고 새로운 실내 체육수업을 연구하고 준비한다. 운동장 수업도 마찬가지다. 내가 수업 준비에 공들인 만큼 아이들이 적극적으로 따라와 줬으면 하는 마음이다. 미세먼지가 나쁨일지라도, 장소가 운동장이든 교실이든 우리의 체육수업은 계속되었다.

오늘도 준비운동

"자, 선생님이랑 같이 운동장 2바퀴. 가볍게 뛰고 시작합시다."

준비운동을 알리는 나의 말이다. 남녀 각각 한 줄로 정갈하게 서서 시작하지만 한 바퀴가 지나면 아이들 간 차이가 벌어지기 마련이다. 그래서 나는 다 같이 똑같은 발 구름과 호흡으로 맞춰 뛰는 것을 강조하지 않는다. 느려도 괜찮다. 힘들면 걸어도 좋다. 자신의 속도에 맞추어 뛰는 것을 주문한다.

2바퀴를 일찍 마친 친구들은 마지막 친구가 올 때까지 기다려준다. 그렇게 모든 친구들이 가볍게 뛰기를 끝내면 간단한 체조로 스트레칭을 하고 숨쉬기로 호흡을 고른다. 준비운동이 끝났다. 비로소 그날의 체육수업을 시작할 때이다.

이처럼 준비운동은 몸이 체육수업을 할 수 있는 상태로 만드는 역할을 한다. 교실에서 수업하는 교과인 경우, 수업 종소리가 울리면 아이들은 자리에 앉아 교과서를 펼 것이다. 수업을 받아들일 준비 상태를 만드는 것이다. 교육의 장이 운동장으로 옮겨진 체육수업에서 자리에 앉아 교과서를 펴는 행위는 준비운동으로 대체된다.

그러나 내 경험에 비추어보면 준비운동을 좋아하는 아이들은 거의 찾아보기 어려운 것 같다. 그 시간만큼 체육활동 시간이 줄어드는 것으로 인식하기 때문이다. 특히 피구를 하는 날이면 준비운동은 5, 6학년 모두에게 공공의 적이 된다. 아이들의 표정을 보면 왜 우리 피구할 시간을 뺏냐고 준비운동에게 따지는 것 같다.

아이들은 종종 '준비운동 안 하면 안 돼요?'라고 묻곤 했다. 물론 나의 대답은 '안 돼.'였고 덧붙여 준비운동이 필요한 이유를 수업 들어가는 반마다 반복적으로 설명했다. '준비운동은 산소공급과 혈액순환을 돕고, 호흡을 조절해주며, 근육의 가동성을 높여 부상을 방지한다.' 교육대학교에서 배웠던, 임용고시를 위해 외우다시피한 문장이다. 아이들이 이 같은 중요성을 느꼈으면 하는 바람에 '준비운동의 중요성을 서술하시오.'라는 문항을 수행평가에 포함하기도 했다.

그럼에도 가끔 준비운동을 생략하는 경우가 있다. 평소보다 많은 시간이 필요한 체육활동이 있는 날. 교실에서 하는 이론 수업, 혹은 말로 설명해야 할 부분이 많은 날이 그러했다. 하루는 아이들의 성화에 못 이겨 준비운동을 생략하고 바로 피구 활동을 진행했다. 시작한 지 5분이 되었을까. 부상자가 나타났다. 6학년 1반 회장 ○○였다.

"선생님 저 발목 삐끗했어요."

누구랑 부딪힌 것도, 넘어진 것도 아니었다. 혼자 공을 던지면서 디딘 앞발에 충격이 간 것이었다. 움직일 때마다 찌릿한 통증이 있다는 말에 나는 아이를 활동에서 제외했고 '병원에 꼭 다녀오기'라는 숙제를 주었다. 학원 때문에 갈 시간이 없다는 말에 ○○의 어머님께 직접 통화를 드려 상황을 설명드렸다. 어머님으로부터 숙제를 꼭 해서 보내겠다는 약속을 받아냈다. 그리고 다음 날, ○○는 내 앞에 나타났다. 목발과 함께.

"선생님 저 깁스했어요! 병원에서 뼈에 금이 갔대요!"

전날 통증을 호소했던 발목에 깁스로 감싸 있는 것을 발견했다. 아……. 내가 기대했던 숙제의 결과물은 이게 아니었는데. 꼭 여태 준비운동을 계속해오다가 한 번 생략한 날에 이렇게 부상자가 생기다니 억울하다. 준비되지 않은 상태에서 힘을 가하니 몸에 충격으로 다가왔을 것이다. '부상을 방지한다.'라는 임용고시 공부 때의 그 문장이 이해되는 장면이었다.

○○에게 너무 미안했다. 내가 아이들에게 맞서 한 번만 더 준비운동을 고집했었더라면 목발을 안 볼 수도 있었을 텐데. 경험이 적은, 노련하지 못한 체육 교사가 아이를 다치게 했다는 생각이 들었다. 먹구름이 낀 내 심정과 대조적으로 ○○는 자기 목발 처음 해본다며 새로운 경험에 싱글벙글 웃고 있었다. 웃지 마. 선생님이 더 미안해지잖아.

그 이후로 군말 없이 준비운동을 잘 따라와 주는 아이들이 많이 보였다. 친구가 다친 것을 눈으로 목격했기 때문일까. 목발 짚은 ○○는 복도를 돌아다닐 때마다 준비운동의 중요성을 학급회장으로서 몸소 보여주고 있었다. 이제는 그 중요성이 아이들에게 어느 정도 전달되었을 것이다.

40분의 수업 시간 중 약 5분을 차지하는 준비운동. 차지하는 비율은 낮다. 그렇다고 중요성도 낮은 것은 아니다. 준비의 부재는 시작 후 예상치 못한 어려움을 가져올지도 모른다. 무언가 수행하기에 아직 준비가 안 돼 있기 때문이다. 초등학교에서 아이들이 공부하는 것도 일종의 준비운동이라는 생각이 든다. 종종 아이들은 '공부는 왜 하는 거예요?'라고 묻곤 한다. 나는 이들이 나중에 사회에 나가 그들의 세상을 펼치기 전, 준비운동으로 학교에서 사회성을 기르며 공부하는 것이라고 본다.

준비운동의 부재가 부상을 야기했던 것처럼 학교 교육의 부재는 아이들이 사회에 나간 이후 예상치 못한 장애물을 불러일으킬 수 있다. 그렇기에 나는 공부를 왜 하냐는 질문에 '어른이 되기 전에 어떻게 살아야 하는지 연습하고 준비하는 거야. 준비운동 같은 거지.'라고 말해주었다.

초등학교에서 교사는 아이들에게 이상과 현실을 동시에 가르쳐야 할 때가 있다. 우리는 세상에서 꿈과 희망을 펼칠 수 있다는 이상과, 우리는 준비되어 있지 않으면 세상에서 나아가기 힘들다는 현실. 고학년이 특히 그런 것 같다. '넌 할 수 있어.'라고 말해주면서 '그러려면 어떤 노력이 필요할까?'라는 질문을 줄 수 있어야 한다. 그 질문에 대한 답을 아이들이 찾아가게끔 준비시키는 것이 교사의 역할 중 하나일 것이다.

아이들은 날마다 준비운동을 하고 있다. 학교에서 지식과 경험을 쌓는 것, 급식을 골고루 다 먹고 열심히 뛰노는 것, 친구와 다투고 화해하는 것, 복도에 떨어진 쓰레기를 줍는 것, 음악 리코더 수행평가를 준비하는 것, 선생님과 함께 하루를 보내는 것. 모두 일련의 준비운동이다. 성인이 되어 자주적인 삶을 만들어 나가기 전 세상을 이해하면서 준비하는 것이다. 충분하고 올바른 준비운동으로 아이들이 사회에 나가 다치지 않기를 소망한다.

500만원 잘 쓰겠습니다

'선생님, 체육 교육활동 예산은 올해까지 써주시면 됩니다.'

아침에 행정실로부터 메시지가 왔다. 수신자에는 내 이름만 적혀 있었다. 그럼 그 예산은 내가 담당자라는 이야기인데. 체육 교육활동 예산……. 처음 들어본다. 올해 내가 체육 전담이긴 하지만 체육 관련 예산을 내가 그냥 사용하는 건가? 이제 교사로서 두 번째 해였기 때문에 자세히 모르는 것은 어찌 보면 당연했을지도 모른다.

무작정 행정실과 교무실 실무사님을 찾아가 예산은 어떻게 보는지, 어떻게 사용하면 되는지 물었다. 다행히도 실무사님은 스물다섯 살 사회초년생의 마음을 이해해주시는 듯 천천히 잘 설명해주셨다. 당연하겠지만 예산을 '그냥' 사용하는 일은 없다. 체육 교육활동에 '필요한' 교구들을 예산 내에서 사용하면 되었다.

우리 학교의 공들은 축구공, 농구공 할 것 없이 매일 거친 날숨을 내쉬며 병들어가고 있었다. 아이들에게 차이고 던져지고 제 역할을 충분히 하고 있으니 그럴 만도 했다. 공으로써 살아갈 날이 얼마 남지 않은 친구도 보였고 수동 공기 주입기로 응급처치를 해보았으나 상처가 깊게 찢어져 이미 늦은 친구도 보였다.

다른 아이들도 마찬가지였다. 셔틀콕의 날개는 꺾이고 부러져 비행의 힘을 잃어가고 배드민턴 라켓 또한 이것이 라켓인지 물고기를 잡는 그물망인지 모를 정도로 많이 훼손되어 있었다. 체육수업과 교구 정리를 하면서 우리 학교는 왜 새로운 체육 교구들을 사지 않는 걸까 이따금 생각했었는데 내가 사고 있지 않은 거였다. 아마 다른 선생님들은 '왜 체육 선생님은 새로운 교구를 구입하지 않지?'라고 생각하셨을지도 모른다.

예산을 한번 써볼까. 공 몇 개랑 공기 주입기를 새로 사기로 했다. 다음 주에 아이들이 새로운 피구공을 맞이하면 환호성을 지르겠지. 금액을 확인하러 들어간 에듀파인(학교회계시스템)에는 내 담당으로 체육 관련 예산이 500만원인 것을 확인할 수 있었다. 500만원이라니……. 발령을 받고 학교에 오자마자 사용한 학급 물품 구매 예산이 20만원. 그것도 엄청 크게 느껴졌는데. 25배나 되는 예산이 주어졌다.

체육 교구 구입, 체육대회, 스포츠클럽 등 정말 체육 교육활동에 관련한 모든 예산을 합한 금액이었다. 내가 담당자였기 때문에 숫자가 커진 만큼 그것을 사용함에 있어 조심성도 비례했다. 공 몇 개씩 사다가는 올해 안으로 500만원 채우기 어림도 없다. 무얼 더 구입해야 우리 체육 선생님이 예산 사용 잘했다고 소문이 날까. 어떻게 해야 할지 모를 때는 가르치는 아이들을 1순위로 두고 생각하라는 어느 선생님의 말이 떠올랐다.

그러던 도중 문득 내가 맡은 5-6학년군 위주의 체육 교구를 장바구니에 담는 나를 발견했다. 각 반 담임 선생님이 체육수업을 맡아하는 1-2학년군, 3-4학년군 아이들에게도 그들의 발달 특성에 맞는 교구들이 필요할 텐데. 또다시 내가 맡은 아이들에게만 신경을 쓸 뻔했다. 좁은 시각으로 바라보는 것을 스스로 주의할 필요성을 느낀다.

당장 내 눈앞의 아이들만 바라보는 실수를 반복하지 않기 위해 주어진 예산을 균등하게 나누었다. 그리고 학년군별 선생님들로부터 필요한 교구들을 여쭤보고 리스트를 받아냈다. 리스트 중에서 중복되는 것, 이미 있는 것들은 제외하고 남은 교구들을 장바구니에 담았다. 여러 사이트를 비교하면서 질 좋은 교구들을 구입하려다 보니 이 또한 수업 못지않게 시간과 노력을 투자해야 함을 알았다.

물론 편의를 위해 대충 아무거나 골라 담고 품의를 올릴 수도 있다. 그러나 500만이라는 그 큰 숫자는 '나 이렇게 어마하게 큰 예산인데 함부로 쓸 거야?'라고 말 거는 것 같았다. 국민의 세금을 대강대강 사용하면 안 된다는 직업적 양심의 목소리도 한몫 더했다.

'선생님 행정실에 택배 온 것 있습니다.'

주문한 물품이 도착하면 행정실에선 내게 이와 같은 메시지를 보내주었다. 평소에 집에서 택배 받는 기분 좋은 느낌과 비슷하다. 언박싱을 하고 새 교구를 확인하면 무언가 다음 수업에 대한 자신감이 생긴다. 특히 자동 공기 주입기는 내 든든한 지원군이 되었다. 항상 매 쉬는 시간마다 수동 공기 주입기로 펌프질을 하고 있던 나였는데. 이것만 있으면 끄떡없다. 병든 공들이여 다 내게로 오라.

또 다른 택배 상자에서 나온 셔틀콕들은 뽀얗고 곧은 날개를 자랑하고 있었다. 아이들하고 배드민턴 수업 중에는 '얘들아, 셔틀콕 학교 밖으로 날리지 않게 조심해. 잃어버리면 내가 사야 한단 말이야. 선생님 돈 없어.'라고 말하며 주의를 주었다. 그 말이 채 끝나기가 무섭게 '선생님, 셔틀콕 날아가서 저기에 걸렸어요.'라고 하는 아이들이었지만.

예산을 사용하는 방법을 알자 500만이라는 숫자는 달이 거듭될수록 점차 줄어들었고 그만큼 우리 학교에 새로운 체육 교구들이 채워졌다. 더불어 나는 그 새로운 친구들과 함께 보다 나은 체육수업 환경을 조성할 수 있었다. 기존에 시도되지 못했던 활동을 적용해 보았고 새로움에 호기심을 느끼는 아이들은 잘 따라와 주었다.

망가진 교구들은 교사나 아이들을 막론하고 함부로 다뤄지기 쉽다. 이미 망가졌기 때문이다. 그리고 그 망가짐이 내 책임이 아니라는 생각에 막 던져지고 방치된다. 이와 반대로 새로운 교구들은 누구에게나 조심스럽게 다루어진다. 함부로 사용되지 않는다. 나의 부주의로 인해 새것이 망가질 수 있기 때문이다. 체육수업은 몸을 움직이고 땀만 흘리는 시간이 아니다. 물건을 소중히 다루고 다른 반 수업을 위해 제자리에 정리하는 배려의 자세를 가르치고 싶었다.

교사가 아이들을 대하는 것도 이와 비슷하다는 생각이 든다. 소위 '문제아'라고 낙인찍힌 아이는 이미 망가졌다는 생각에 교사가 함부로 대하기 쉽지 않을까. 이 아이는 이전에도 왕왕 문제를 일으켰고 그 문제행동이 고쳐지기 어려울 것이라는 생각. 그 생각에 사로잡혀 깊게 생각하지 못하고 은연중에 찢어진 축구공처럼 대할지도 모른다. 그 태도를 경계해야겠다.

교육대학교에서는 학교 현장에서 예산 사용 방법에 대해 배운 적이 없다. 주어진 큰 금액을 아이들의 교육활동을 위해 적절히 사용하는 방법도 익히지 못했다. 어쩔 수 없지. 현장에서 부딪히면서 알아가는 수밖에. 학교는 모든 제반적 환경이 갖추어진 곳이고 교사는 '가르침'의 역할만 하면 되는 줄 알았다. 하지만 모든 환경이 이상적이지 않다는 것을 깨닫는다. 실내 체육관이 없거나 교구가 망가졌거나 여러 가지 상황이 있을 수 있다. 어떤 상황이든지 그 속에서 교육적 방법을 찾아내는 것 또한 교사의 역할일 것이다. 교사의 역할은 단지 가르치는 것에 국한되지 않는다.

최선을 다하되 다치지 않기

'삐익-'

호루라기 소리가 고막을 치자마자 있는 힘껏 땅을 박차고 앞으로 나아간다. 내 모든 신체감각은 오롯이 최대한 속도를 내는 것에 집중되어 있다. 팔과 다리는 크게 앞뒤로 흔들리고 그만큼 표정은 일그러진다. 호루라기 소리가 울린 지 10초가 안 되어 도착점을 통과한다. 가쁜 숨을 몰아쉬며 기록을 확인한다. 학교에서 체력 검사를 했던 내 중고등학생 때의 모습이다.

어른들에게는 '체력장'으로도 많이 알려진 학교의 체력 검사. 그당시 체력 검사는 성적에 반영되었기에 학생들 모두 자신의 한계에 도전했었다. 숫자로 나타내어지는 결과는 등급을 나누어 학생들의 희비를 갈리게 했던 것으로 기억한다.

오늘날 학교에서는 PAPS(학생건강체력평가)로 운영되고 있다. 그리고 PAPS 담당자는 체육 교사인 나였다. 초등학교에서는 5-6학년이 대상인 학생건강체력평가. 나는 5-6학년을 맡고 있었고 200명이 넘는 학생들을 총 5개의 영역별로 측정하고 기록해야 했다. 물론 하루 만에 다 할 순 없다. 충분히 연습하는 시간까지 포함해서 한 달간의 시간을 두었다.

신장·체중 측정, 왕복 오래달리기, 제자리멀리뛰기, 앉아 윗몸 앞으로 굽히기, 그리고 악력 측정까지. 성적에 들어가진 않지만 1~5 등급으로 결과가 나오므로 운동을 좋아하는 학생들에게는 동기부여가 되었다. 아이들이 좋은 수행을 보이려고 열심을 다하는 모습을 보이면 교사인 나는 대충 할 수가 없다.

체육 시간을 활용하여 8개 반 아이들에게 PAPS 측정 요령을 가르쳤다. 똑같은 설명을 8번 반복해야 했다.

"선생님 한 번 보여주세요!"

5학년 아이 한 명이 나의 시범을 요구하였다. 그 한 아이의 목소리는 반 전체 아이들이 나를 향해 '보여줘!'를 반복해서 외치게 만들었다.

"아무나 보여주지 않는데 선생님이 너희들에게만 딱 한 번 보여줄 테니 잘 봐."

괜히 못이기는 척 제자리멀리뛰기와 앉아 윗몸 앞으로 굽히기를 그들 앞에서 몸소 시범 보여주었다. '오-'하며 감탄하는 아이들. 그렇게 또 8번이 반복되었다. 너희들에게만 보여준다고 했지만 내게 너희들은 8개 반이었다. 나는 등급 기준표를 보여주며 자신만의 목표를 설정하고 이뤄보자는 숙제도 내주었다.

"제일 중요한 건 다치지 않기. 최선을 다하되, 너무 무리해서 다치는 일이 없도록 합니다. 알겠죠?"

한 달간 진행된 체력 측정검사에서 아이들을 통해 어릴 적 학교에서 체력 검사를 했었던 나의 모습을 볼 수 있었다. 얼굴이 새빨게지도록 온 힘을 다해 악력기를 쥐는 ○○, '한 바퀴만 더!'라고 외치며 친구의 왕복 오래달리기 측정을 응원하는 △△, 윗몸 앞으로 굽히기를 통해 유연성을 측정할 때면 '으아악' 소리가 어느 반에서나 들리곤 했다.

처음에 체력 검사를 예고했을 때 한 달간 피구를 못한다는 소식에 한탄하는 아이들이었다. 그러나 막상 검사를 시작하면 서로 간 경쟁이 붙고 이 경쟁은 촉매제가 되어 아이들이 최선의 수행을 하도록 이끈다. 자신이 세운 등급에 도달하기 위해 그 어느 때보다 진지한 표정을 볼 수 있다. 누가 보면 체대 입시생 같다.

신장과 체중을 측정할 때는 세심한 배려가 요구되었다. 고학년에 접어든 아이들은 성장기 신체 변화를 겪고 있었고 몸무게에 민감했다. 공개되는 것을 원치 않았을 것이다. 한 학급회장 아이는 여자아이들이 체중 측정에 부담을 느낀다고 나에게 말해주었다. 측정자인 내가 성인 남자였기 때문이었다. 나는 여자아이들의 신장과 체중 측정을 각 반 담임 선생님께 부탁드렸다. 아이들의 학년이 올라갈수록 남자 교사인 나는 여학생에 대한 배려를 익혀두어야 했다.

한 달간의 PAPS 기간이 끝났다. 오늘날 학생건강체력평가는 측정하는 것으로 끝나지 않는다. 결과를 바탕으로 보건 선생님과 협력하여 아이에게 올바른 피드백을 제공한다. 자신의 목표에 달성한 아이가 있는 반면 그렇지 못한 아이도 있다.

"선생님 다시 해 보면 안 돼요?"

아쉬워하는 아이들은 다시 도전해보면 안 되냐고 물었다. 물론 할 수 있지. 얼마든지. 한 번의 측정으로 아이들의 가능성을 제한하고 싶지 않았다. 매뉴얼에도 수시 측정이 가능하게 되어있다. 한 달이 지날수록 성장하는 아이들일 텐데. 연습해서 오후 시간대에 찾아오면 재검사를 도와주겠다고 했다. 나는 항상 4층 실내체육실에 있을 테니.

200여 명의 5-6학년 PAPS 결과는 신체활동의 중요성을 새삼 깨닫게 했다. 4-5등급 학생이 약 25%정도 차지했다. 2018년 기준 초등학생 비만율이 24%라는 교육부의 통계자료와도 맥락을 같이했다. 아이들은 체육 시간을 '노는 시간'이라고 종종 부른다. 그만큼 평가와 학습의 부담이 덜하다는 뜻이겠지만 체육 교사인 나는 그저 노는 시간이 아닌 몸과 마음을 기르고 배움이 존재하는 시간으로 만들어야 했다.

PAPS 측정 그 이후로 나는 아이들의 체육활동을 장려하기 위해 점심시간에 운동장 조회대 아래에 있는 체육 창고를 개방했다. '사용 후 제자리에!'라는 문구를 붙임과 함께. 아이들이 하루에 조금이라도 더 햇빛을 맞이하고 운동장에서 뛰어놀기를 바랐다. 그렇게 한창 성장하고 있는 자신의 신체를 가꾸기를 바랐다.

주말에 마주친 아이들

출근 시간 15분. 왼손에는 아침 빵을 움켜쥐고 오른손으로는 휴대폰으로 그날 시간표를 한 번 더 점검한다. 집에서 학교까지 15분이면 걸어서 출근하기에 충분한 시간이다. 가끔 늦게 일어나거나 지각할 것 같으면 집 바로 앞에 있는 정류장에서 버스를 탄다. 버스는 나보고 얼른 출근하라는 듯 3분 만에 학교까지 데려다준다.

그 집은 작년에 발령과 함께 부랴부랴 월세로 구한 방이었다. 친구 집에서 1주일 얹혀사는 중에 부동산 발품을 뛰어가며 얻은 방. 역이랑 가깝고 걸어서 출근할 수 있는 거리. 1년만 근무하고 입대할 생각에 비싼 월세를 크게 신경 쓰지 않았었는데 2년째 살게 되었다. 이처럼 그 방은 내 첫 교직 생활과 동시에 자취생활 시작된 공간이었다.

집과 학교의 거리가 그렇게 멀지 않은 탓에 퇴근길은 아이들이 살고 있는 아파트를 지나오게 되어있었다. 그러면서 종종 마주치는 아이들이나 학부모님과 인사를 주고받곤 했다. 평소보다 조금 늦게 퇴근한 날에는 학원을 막 끝마친 아이를 우연히 만나 같이 걸어가기도 했다. 그럴 때면 학원 진도는 어디까지 나갔는지, 집에 가서 무얼 하는지, 그날 저녁 메뉴는 무엇인지 서로 시시콜콜한 이야기를 나누었다. 학교 밖에서 마주친 아이들은 날 유난히 더 반가워했다. 아이들에게 선생님은 학교에서만 볼 수 있는 대상으로 그려졌던 걸까.

사실 교사인 나 또한 아이들은 학교를 가야만 볼 수 있다고 생각했다. 그러나 주말에 나간 역 주변에서 삼삼오오 모여 다니는 우리 학교 학생들을 발견했을 땐 내 생각이 틀렸음을 깨달았다. 집에서 역까지는 걸어서 5분 거리. 나는 주말에 밥을 먹거나 물건을 사거나 혹은 쇼핑이나 장을 볼 때면 역으로 나갔다. 비싼 월세를 지불하는 동안에는 그만큼 역세권의 인프라를 누려야겠다는 생각도 있었다.

주말에 혼자 거리에 나오는 내 복장은 학교에 출근할 때보다 자유롭다. 이미 체육 교사로서 편한 체육복을 입고 출근하지만 주말에는 좀 더 날 것의 상태가 된다. 감지 않은 머리에 모자, 안경, 잘 때 입는 반팔과 반바지. 그리고 슬리퍼까지 신으면서 찍찍 끌고 나오면 전형적인 백수의 모습이 여기 있다. 평일에는 초등학교 교사, 주말에는 평범한 20대 청년이 되는 내 모습이었다.

그렇게 나간 역 주변에서 아이들을 발견하면 혹여나 이 모습이 노출될까 이리저리 피해 다녔다. 아이들이 나를 보면 '체육 선생님 옷이 많이 없나 봐.'라고 학교에 소문날지도 모른다. 아니 애초에 이런 후줄근한 상태를 보고 나인지 알아볼까. 패스트푸드점에서 우리 학교 아이들을 발견하면 모자를 좀 더 깊게 눌러쓰고 시선을 애써 주지 않거나 길거리에서 마주치면 가던 길을 되돌아가곤 했다. 그렇게 주말마다 나름 혼자만의 술래잡기를 하는 도중 역 앞 생활용품 점에서 날 것 상태의 내 모습이 아이들에게 붙잡히고야 말았다.

"어? 체육 선생님 안녕하세요!"

날 못 알아볼 줄 알았는데. 내 귀로 선명한 목소리가 뚫고 들어왔다. 그러자 다들 어디에 그렇게 숨어있었는지 한둘 나타나기 시작하더니 나를 에워싸았다. 내 모습이 믿을 수 없다는 듯이 바라보는 표정, 그리고 마치 신기한 걸 본 듯한 아이들의 미소. 그래도 '어…….선생님 안녕하세요.'라고 인사는 해주는 아이들이었다. 인사성이 밝았구나 너희들. 아이들은 나와 대조적으로 한껏 꾸며 입은 모습이었다. 그 와중에 '체육 선생님 아닌 것 같은데.'라고 혼잣말하는 아이도 있었다. 그럴 만도 하지. 인사 안 해도 되니까 얼른 계산하고 나가줄래. 혼자 있고 싶어. 속으로 중얼거렸다. 그러면서 겉으로는 인사를 다 받아주었다. 아이들에게 초콜릿 몇 개 쥐여주며 '선생님의 이런 후줄근한 모습은 학교에 비밀이다.'하고 돌아왔다.

그러나 다음 날 출근한 학교에서 나는 아이들에게 '다○소(생활용품점 이름) 선생님'이라고 불리었다. 주말에 후줄근한 모습의 선생님을 만난 것이 아이들에게 얼마나 재미있는 이야기였을까. 내가 초콜릿까지 사줬건만. 초콜릿 몇 개로 닫히지 않는 입이었을 것이다. 이 외에도 주말이 지나고 나면 학교에서 나를 봤다는 목격담이 종종 들리곤 했다.

"공원에서 선생님 걷고 계신 거 봤어요!"

"선생님 주말에 카페에 있었죠!"

"저 주말에 선생님 봤는데 옆에 누구였어요?"

아이들은 내 사생활을 침해할 의도를 갖고 있지 않다. 그저 주말에 날 봤다는 게 반가워서, 순수한 목적으로 물어봤음을 알고 있다. 그러나 나의 목격담이 와전되어 곤란해질 때도 있다. 같은 지역에 발령 난 동기를 만난 다음 날이면 '나 체육 선생님 어떤 여자분이랑 있는 거 봤어.'가 하교할 때 즈음에는 '체육 선생님 여자 친구랑 같이 산대.'가 된다. 여자 친구나 있었으면 좋겠구나 얘들아. 학교 밖 젊은 선생님의 목격담은 고학년 아이들에게 가십거리가 될만하다. 이것도 나에 대한 아이들의 관심이겠거니 너무 예민하게 받아드리지 않기로 했다.

발령 날 때 학교와 너무 가깝게 방을 구하지 말라는 선배들의 조언이 떠올랐다. 걸어서 출근할 수 있다는 장점이 있으면 사생활이 다소 노출될 수 있다는 단점도 있는 법. 온전한 사생활은 집 안에 있는 듯하다. 사실 집도 이미 사오반 아이들이 놀러 와서 공개되었긴 하지만.

거리에서 마주친 지역주민들은 학부모일 수 있고 아이들은 우리 학교 학생일 수도 있다. 횡단보도 신호를 기다릴 때 지나가는 차 안에는 우리 학교 학부모나 아이들이 타 있을지도 모른다. 때문에 나는 학교 근처 밖에선 말과 행동에 주의를 기울이게 된다. 교사는 학생의 도덕적 모범이 되어야 한다고 대학교에서 배웠다. 그 모범을

보이는 공간이 학교에서만이 아닌 것 같다. 적어도 집에 들어가기
전까지는.

방송부 히어로

"리허설 한 번 해보겠습니다."
"얘들아 2번 마이크 볼륨 좀 높이자."
"3번 화면으로 송출해."
"동영상 준비. 플레이."

누군가의 조심스럽고 단단한 지시가 방송실 안에서 들려온다. 그의 목소리는 교실로 송출되는 실시간 방송 상황에 알맞게 방송부 아이들에게 지시를 내리고 있었다. 나름 노련한 모습을 보이는 듯했으나 침착한 목소리 뒤에 긴장감을 숨기고 있다. 방송부 운영을 맡고 있는 내 목소리다.

그 해 대부분의 체육 관련 업무는 업무의 효율상, 그리고 당위적으로 체육 전담인 내가 맡았다. 체육대회, 체육 교구 구비, 체육 창고 관리, 실내체육실 관리, 학생건강체력평가 등. 무언가 체육과 관련된 업무인 것 같다하면 담당자는 나였다. 방송 담당자는 어떤 선생님일까. 체육과 관련 있어 보이지 않으니 나는 아니겠지. 하지만 이 또한 나였다.

작년에 초임 교사로서 방송부(부). 올해는 방송부(정)이 되었다. 작년에 방송부(정) 선생님 곁에서 장비 다루는 법을 눈길로 배웠었는데. 입학식, 학부모 총회 등 실시간으로 교실로 송출되는 방송을 노련하게 운영하시는 선생님의 모습은 마치 방송 PD와 같았다. 컴퓨터교육과를 나오셨을까. 윤리교육과란다. 교육대학교에서 어떤 전공을 나왔든 전인교육을 지향하는 초등학교에서는 전공이 크게 의미가 없어 보인다. 주어지는 업무가 내 전공이 된다.

어쨌든 나는 그 해 방송부(정)를 맡으며 나는 우리 학교의 공식 PD가 되었다. 방송 업무를 맡고 있다는 이미지 하나로 기계를 잘 다룰 것이라 생각하셨는지 나를 찾는 선생님들이 많아졌다.

'윤 선생님, 저희 반 모니터가 안 켜지는데 시간 되시면 와주셔서 봐주실 수 있으신가요?'

'선생님, 저희 교실 컴퓨터가 안 켜집니다. 어떻게 하면 좋을까요?'

'선생님, 바쁘신데 죄송합니다. 저희 반 프린터가 이상합니다. 부탁드려도 될까요?'

많아진 인기 탓에 나는 줄곧 이곳저곳에서 불리며 다른 교실로 출장을 다녔다. 주 고객층은 40-50대 선배 선생님들이었다. 아, 나도 잘 모르는데 어떡하지. 그러나 막상 가보면 전원이 꺼져있었거나 코드가 빠져있는 경우가 대부분이었다. 그때마다 선생님들은 민망한 웃음과 함께 나에게 고마움을 표했다.

전원을 켜고 코드를 꼽는 것 외에 나는 기계를 잘 다루지 못했기에 수업이 끝나면 방송실에서 이것저것 시도해보며 시스템을 익혔다. 방송조회나 행사가 있는 날이면 아침·점심시간을 활용하여 5-6학년 방송부 아이들과 함께 리허설을 했다.

조명, 마이크 위치, 볼륨, 카메라 각도, 동선, 송출, 스피커, 화면 전환 등. 방송부 아이들과 함께 이런저런 요소들에 집중하다 보면 내가 정말 초등교사가 아니라 PD인가 착각이 들 정도이다. 시청자 입장에서 본 예능 프로그램은 가볍게 웃고 즐겼었는데 담당 PD의 마음을 조금은 이해할 것 같다.

사소한 실수는 매끄럽지 못한 방송을 낳는다. 리허설 때 이상 없었던 마이크와 스피커는 예외 없이 본 방송에서 말썽을 부린다. 무슨 법칙이라도 있는 모양이다. 항상 방송 시작 전마다 '우리 오늘 실수하지 말고 잘하자.'하고 아이들과 손을 모아 파이팅을 했으나 '괜찮아, 잘했어. 다음엔 실수 안 하면 되지 뭐.'하며 위로해주고 끝나는 방송실이다.

그러나 횟수를 거듭할수록 나와 방송부 아이들은 노련해졌다. 마이크 소리가 안 나오면 미리 준비한 다른 마이크로 교체하고 카메라가 꺼지면 바로 다른 카메라로 화면을 잡았다. 예상치 못한 방송 오류가 있어도 우리 말곤 아무도 눈치채지 못하게 대처했다.

그래서인지 언제부터인가 나와 방송부 아이들은 선생님들로부터 '방송 어벤져스'라고 불렸다. 우리 학교 방송을 책임지는 5-6학년 히어로들. 다행이었다. 누구보다 일찍 등교하고 안 보이는 곳에서 수고해주는 아이들인데 계속되는 실수로 인해 좌절감만 안고 가는 건 아니었는지 걱정했었다.

방송을 나 혼자만 담당했다면 그저 업무의 일환이라고 여겼을 것이다. 대충해서 얼른 끝내버리고 싶은 그런 업무. 하지만 방송부 아이들과 함께하는 방송실은 업무의 공간만이 아닌 교육의 장이 되어야 한다. 그래서 '얘들아, 어차피 우리 뜻대로 잘 안되니 오늘 대충하고 끝내자.'가 아니라 '얘들아, 오늘은 최선을 다해 실수를 최대한 줄여보자. 잘해보자. 우리 할 수 있을 것 같아.'가 되어야 한다.

또다시 방송조회 시간이 찾아왔다. 마이크, 조명, 스피커, 카메라 모두 준비를 마쳤고 시계는 방송 시작 5분 전을 알리고 있었다. 우리는 침착한 모습 뒤에 긴장감을 숨겼다.

"얘들아, 실수해도 돼. 괜찮아. 그래도 오늘 우리 최선을 다해보자."

오작동이겠지, 그 위험한 생각

날카로운 사이렌 소리가 교내에 울려 퍼졌다. 미세먼지가 심했던 그 날, 나는 1층 다목적실에서 실내 체육수업을 하고 있었다. 오늘 재난대피 훈련이 계획되어 있었나? 아닌데. 한창 체육활동에 열심을 다하고 있었던 아이들과 나는 잠시 멈추고 운동장으로 대피해야 하는지 고민했다.

"선생님이 한 번 알아보고 올게."

그러고선 나온 복도. 대피하는 아이들이 아무도 없다. 오작동인 가. 학교에서 예상치 못한 사이렌이 울리면 사람들은 '불이다. 대피해야겠다.'라는 생각보다 '오작동인가보다.'라는 생각이 더 먼저 들 때가 많은 것 같다. 나 또한 그랬다.

학창 시절의 기억을 되짚어보면 학교에 사이렌이 울리면 '불이다!'라고 신나서 외치는 아이들과 '조용히 해라. 수업 계속한다.'라고 무덤덤하게 말하는 선생님의 모습이 그려진다. 그래서인지 사이렌은 재난대피 훈련 때 이거나 오작동일 때 울린다는 인식이 지금까지 이어져 온 것 같다.

그러나 그날은 달랐다. 재난대피 훈련도 오작동도 아니었다. 아무도 대피하지 않는 고요한 복도에 홀로 찢어질 듯하게 울리는 사이렌 소리. 당장이라도 긴장감을 뚫고 무슨 일이 벌어질 것 같았다.

"선생님 2층이요, 2층 방송실! 빨리!"

고요함을 뚫고 들려온 목소리는 바로 옆 행정실 실무사님의 다급한 외침이었다. 방송실이라고? 방송실은 내가 담당인데……. 분명 오늘 아침에 아무 문제 없이 잠그고 나온 방송실이다. 불안감을 가지고 뛰어 올라간 2층 복도에는 어디서 나타났는지 소화기 부대들이 명령을 기다리고 있었다.

자물쇠로 굳게 닫힌 방송실. 먼저 도착한 선생님 두 분께서 소화기로 자물쇠를 깨려고 하셨다. '8651⋯ 8651⋯ 8651⋯⋯.' 매일 열고 닫는 방송실 문이지만 비밀번호를 까먹지 않으려고 되새기며 달려갔다. 자물쇠를 열면서 유리 창문을 통해 바라본 방송실 안은 이미 밝고 뜨거운 그것으로 인해 삼켜지고 있었다.

문을 열자마자 잿빛 연기가 쏟아져 나왔고 선생님 두 분은 거대한 그것에 대항하기 위해 들어가셨다. 망설임이 없는 움직임이었다. 소화기를 실제로 사용해볼 날이 이렇게 오다니. 나도 옆에 있는 소화기를 잡고 안으로 들어갔다. 안전핀 뽑고 바람을 등진 후 화재 난 곳을 향하여 빗질하듯이. 늘 이렇게 배워왔지만 사용법을 떠올릴 정신이 있을 리 만무했다. 그저 소화기를 휘저었고 시야를 가리는 검은 연기 안에서 들리는 것은 매연으로 인한 우리들의 기침 소리뿐이었다.

그 와중에 피해를 최소화하고자 카메라들을 챙기는 정신은 있었나 보다. 부디 고장 나 있지 않길 바랐다. 불은 힘을 잃은 듯 보였으나 남아있는 매연은 꽤나 우릴 괴롭혔다. 눈이 매웠고 기침과 함께 콧물이 흘러 내렸다. 화생방 훈련이 이런 느낌일까. 아직 군대도 안 갔는데 이렇게 미리 훈련을 받는구나. 우리나라 군인과 소방관들은 정말 대단하신 분들이다.

전교생들은 운동장으로 모두 대피했다. 매연을 마시는 것보단 미세먼지를 마시는 쪽이 훨씬 안전하다. 아 맞다, 1층에 있는 아이들. 내가 '알아보고 올게.'하고 나갔었는데 잘 대피했을까. 화재가 진압되자 비로소 아이들을 찾는 정신이 돌아왔다. 다행히도 그 반 담임 선생님께서 내려와 인솔하셨다고 한다. 나중에 전해 들은 바로는 아이들이 '체육쌤이 저희 버리고 도망가셨어요!'라고 했고 담임 선생님은 '체육쌤 지금 불 끄러 갔어!'라고 말해주셨다고 한다. 자칫하면 나 살자고 혼자 도망쳐 나온 이기적인 어른이 될 뻔했다.

세수를 하러 간 화장실. 거울은 화마와 전쟁을 끝내고 나온 내 모습을 고스란히 보여주었다. 머리카락, 얼굴, 그리고 옷이 잿빛의 소화기 분말 가루로 뒤덮여있었다. 대충 털어내고 다시 방송실로 갔다. 각 교실 문 위에는 그곳의 담당자가 누구인지 알려주는 표시가 있다. 방송실 문 위에 쓰여있는 내 이름을 발견했다. 아, X됐다. 미처 탈출시키지 못한 고가의 방송 장비들. 내가 물어내야 하는 건가. 교직 생활이 이렇게 끝나는구나. 이제 겨우 2번째 해인데. 엄마 아빠 미안해요.

독백에 잠긴 나를 깨운 건 내 상태를 묻는 교감 선생님이셨다. 나를 포함해 화재를 진압한 선생님들은 교감 선생님과 함께 잔해를 정리했다. 교장 선생님은 부장 선생님들과 회의를 거쳐 학부모들께 알림 메시지를 보내 상황을 설명하기로 했고 일과는 단축 수업이 되어 아이들은 일찍 하교하게 되었다.

그날 미처 수업을 끝내지 못했던 그 반 아이 한 명이 집에 가기 전 내게로 찾아왔다. 아이는 눈썹을 일그리며 걱정스러운 표정으로 말했다.

"선생님……."

그래, 많이 놀랐지. 난 괜찮다. 너희들이 다치지 않아서 다행이야. 선생님 걱정은 안 해도 돼. 혼잣말을 머릿속으로 읊었다.

"선생님……. 저희 오늘 체육 다 못한 거 나중에 보충수업 해주실 거죠?"

아니. 안 해줄래. 얼른 집에 가. 역시 체육이 1순위인 아이들이다. 하지만 내 혼잣말은 진심이었다.

며칠 후 화재 원인이 밝혀졌다. 방송실 천장 안에 있는 노후화된 전선에 먼지가 쌓여 스파크가 일어나면서 불길이 시작되었다고 한다. 시설 노후화로 인한 화재. 나는 다행히도 시말서를 쓰거나 잘리지 않았다. 하나님 감사합니다. 이제 진짜 착하게 살겠습니다. 계속 선생님을 할 수 있다니. 체육 보충수업을 해줘야겠다고 생각했다.

또한 다행히도 불길이 주요 방송 장비까지 번지지 않아 수리비가

20만원밖에 들지 않았다. 수리비는 방송 예산으로 충당했고 불길이 시작된 천장과 제 모습을 잃은 바닥은 새로운 타일로 교체했다. 방송실은 다시 원래 모습을 되찾았고 학교의 방송도 다시 시작되었다. 여러모로 한숨을 돌렸다.

가끔은 아이들에게 예고 없이 사이렌을 울리는 재난대피 훈련도 필요하지 않을까 생각한다. 이 경험을 통해서 느낀 점은 최대한 실제상황을 비슷하게 가정한 상황이 안전 교육의 효과를 높일 수 있다는 것이다. 예고된 훈련 상황은 아이들을 설렁설렁 걸어 나오면서 대피하게 만든다. '오작동이겠지.'라는 생각이 위험 상황에서 내 판단을 오작동으로 만들 수 있다.

못한다고 하는 너희들에게

'내가 제일 좋아하는 과목은 무엇인가요?'

제일 좋아하는 과목을 묻는 설문조사에서 체육은 단골 1위다. 많은 초등학생들이 체육 교과를 좋아하기 때문에 덩달아 체육 교사의 인기는 비례하여 커진다. 일주일에 2번 있는 체육수업. 학교 행사 일정이나 기타 이유로 결강하는 반이 있으면 그 반 아이들에게는 그날 좌절을 안겨주는 것이다. 반대로 예상치 못한 체육 보강 수업이 있는 반은 아이들의 환호 소리가 운동장까지 들리는 듯하다.

이렇듯 체육 교과가 가지는 이미지는 아이들이 재미있게 뛰어놀고 즐기는 수업이라는 인식이 있다. 그러나 자세히 들여다보면 그 안에서도 아이들의 볼멘소리는 존재한다. 다른 교과에서 아이들이 말하는 고충은 일반적으로 '재미없어요.', '너무 어려워요.' 등일 것이다. 그럼 체육수업에서는 어떤 불평불만이 나타날까.

내 적은 경험에 비추었을 때 아이들이 제일 좋아하는 체육활동은 단연 피구인데 한 반 안에서 진행하려면 두 팀으로 나누어야 한다. 이 순간 아이들의 찡그린 표정과 입술이 나온다.

"선생님, 저쪽 팀에 잘하는 애들만 있어요."

"저희 팀이 질 게 분명해요."

"선생님, 팀 밸런스가 안 맞는 거 같아요."

"팀 다시 정해요, 선생님. 저희가 불리해요."

그렇다. 함께 참여하는 것에 의의를 두고 싶지만 아이들에겐 승리가 우선이다. 경기는 그들에게 이겨야 재밌고 지면 재미없는 것이 된다.

나는 매 수업 다양한 팀 나누기 방법을 적용하지만 언제나 아이들은 본인이 속한 팀이 질 것이라는 생각을 가지고 있는 모양이다. 그럴 때마다 팀을 바꿔 달라는 소리가 여기저기서 들어온다. 에이스들은 다 상대팀에 있다고 한다. '그렇지 않아. 너도 에이스가 될 수 있어.' 마치 국가대표 감독이 된 것 마냥 아이들의 눈을 바라보며 다독여 보지만 크게 소용이 없다. 심지어 '선생님 저 이번 게임은 빠질게요.'라고 말하는 아이도 있다. 피구가 재미없어서가 아니라 지는 게 싫어서 그런 것이다.

나는 두 개로 나누어진 팀 중 어느 한쪽 편도 아니었지만 해보지도 않고 포기하는 모습을 볼 때면 안타깝고 답답했다. 그래서 나는 아이들의 볼멘소리가 있을 때마다 끈질기게 이에 맞서 독려하는 것을 멈추지 않았다.

"열심히 하고 지는 것은 상대팀에게 진 것이지만 최선을 다하지 않고 포기하는 것은 나 자신한테 지는 거야."

"상대 팀에 에이스가 많다고? 너희 팀 에이스는 네가 되면 돼."

"모두가 질 것이라고 예상하는 것을 너희가 깨부셔 봐."

"지면 어때. 져도 돼. 져도 난 포기하지 않고 최선을 다한 사람이 되는 거야."

영화나 드라마에서 나올 법한 나름 멋진 대사들로 아이들을 독려했다. 우리나라 국가대표 선수들을 예로 들기도 했다. 2018 러시아 월드컵에서 세계랭킹 1위였던 독일을 2:0으로 이긴 대한민국 축구 국가대표팀. 2018 평창 동계 올림픽에서 넘어졌지만 올림픽 기록을 세우며 1위로 통과한 쇼트트랙 여자 단체 대표팀. 너희들도 손흥민, 최민정 선수가 될 수 있다고 주문을 걸었다.

거의 매 체육 시간마다 아이들의 불평에 맞서 이와 같은 주문을 걸었던 것 같다. 이 정도면 최면 수준이다. 그러던 도중 5학년 한 반에서 '우리 팀이 질 게 분명하다.'라는 명제가 거짓임이 증명되었다. 내가 생각하기에도 밸런스가 잘 맞춰지지 않은 두 팀 사이에서, 질 것이라고 생각했던 팀의 아이들이 이긴 것이다. 내 주문이 들어맞는 순간이었다. 이겼기 때문에 내 독려가 효과를 발휘했다고 생각하지 않는다. 그 팀 아이들이 한 명도 빠짐없이 최선을 다하는 모습을 보았기 때문에 내 메시지가 전달됐음을 느꼈다. 국제 스포츠 경기에서 승패는 중요하지만 배우고 성장하는 과정인 체육수업에서 승리는 부수적인 것이다.

그 이후로 내가 독려해야 되는 상황은 점차 줄어들었다. 아이들끼리 서로 독려했기 때문이다. 긍정적인 독려의 분위기는 학급 내 아이들 간 전파되었다.

"야, 우리 할 수 있어."

"괜찮아 잘했어."

"우리 잘하면 이길 수 있을 것 같은데?"

내가 바라던 모습이었다. 해보기도 전에 안된다고 생각하지 말고 함께 독려하고 협동하는 것. 몇 개월간 잔소리처럼 말했던 '너희들은 할 수 있어,' 주문이 아이들의 생각을, 나아가 행동을 변화시키고 있었다. 교사의 기대가 학습자의 수행에 영향을 미친다는 연구 결과가 머릿속에 떠올랐다.

이는 비단 피구 게임뿐만이 아니었다. 한 달간 긴 줄넘기를 가르칠 때면 경험이 없는 아이들은 줄에 다가가는 것조차 꺼렸다. 각반마다 한 명씩은 꼭 있었는데 마치 자석의 같은 극처럼 줄과 아이 사이에 척력이 작용하는 것처럼 보였다.

"무서워요."

"못하겠어요."

"선생님 저 빼주세요."

5학년 약 100명에게 가르쳐야 했다. 못한다고 하는 아이들에게 단 한 번이라도 성공하는 성취를 만들어주고자 했다. 내가 시범을 보이고, 직접 줄을 돌리고, 줄이 돌아가는 박자에 맞춰 들어갈 타이밍을 잡아주고, 나오는 방향을 알려주기. 내가 할 수 있는 모든 지도법을 동원했다. 동시에 내 독려하는 주문도 더해졌다.

"○○야. 선생님이 봤을 때 ○○는 할 수 있을 것 같아. 겁먹지 마."

"△△야. 줄에 맞지 않게 선생님이 잡아줄게. 선생님 한 번 믿고 들어 가보자."

"□□야. 거의 다 왔어. 할 수 있을 것 같지? 한 번만 더 해볼까?"

한 명씩 이름을 불러주었다. 너는 할 수 있다는 메시지를 넘칠 만큼 꽉꽉 담아서. 앞으로 넘어야 하는 성장통이 많을 너희들인데. 단지 이 줄 하나 넘는 것조차 포기하지 말아라. 이건 아무것도 아니야. 너희들은 다 할 수 있다. 못한다고 했던 아이들은 하나둘씩 그 두려운 존재를 뛰어 넘어섰다.

어찌 보면 '할 수 있다.'라는 말이 지나치게 이상적인 말일지도 모르겠다. '오르지 못할 나무는 쳐다보지도 말라.'라는 속담도 있으니까 말이다. 그러나 오르지 못할 나무인지 아닌지는 내가 올라가고자 최선을 다해 시도하고 난 그 이후에 생각해봐도 늦지 않다.

이미 잦은 실패 경험이 누적된 사람에게 할 수 있다는 주문은 오히려 그를 배려하지 못한 말일 수도 있다. 그러나 내 앞에 있는 어린이들은 아직 12살. 피구공으로 상대방 에이스를 맞출 수 있는 나이고, 긴 줄을 충분히 넘을 수 있는 나이다. 실패보다는 성공 경험을 쥐여주어야 하는 나이다.

학습된 무기력. 과거에 계속된 실패 경험이 충분히 수행 가능한 과제를 포기하게 만든다는 교육심리 이론이다. 아마 아이들은 경기에서 지는 것, 그리고 못하는 것을 실패라고 생각했을지 모른다. 지기 싫어서(=실패하고 싶지 않아서) 시도조차 하지 않았을 수도 있다. 지는 건 실패가 아니다 얘들아. 오르지 못할 나무인지 아닌지는 한 번 시도해보고 다시 생각해보자.

우박과 함께한 놀이공원

 아이들은 그 주 날씨가 좋기를 기도했다. 야외 체육수업뿐만 아니라 현장체험학습이 있는 주였다. 학교 수학여행의 대표적인 단골 장소, 용인에 있는 놀이공원으로 가기로 했다. 4반까지 있는 5학년은 이틀에 걸쳐 두 반씩 나누어 가기로 계획되었다. 그리고 그 계획 안에는 각 반 담임 교사 이외 전담 교사 1명이 인솔자로 동행하는 것이 포함되어 있었다. 영어 선생님은 임신 중이시고 과학 선생님은 60대시니 음, 내가 가겠군. 그렇게 내가 가게 되었다.

 사전 답사까지 포함하여 그달에만 총 3번 놀이공원을 갔다. 이제는 지도 없이 놀이기구 위치를 외울 정도이다. 역할은 인솔자였지만 놀이공원 안에 들어서면 아이들과 같이 놀이기구 타기, 줄 대신 서주기, 짐 들어주기, 사진 찍어주기가 주 역할이 되었다. 나는 삼삼오오 팀을 이루어 다니는 아이들 무리에서 짝을 맞춰주거나 도움이 필요한 아이 곁에서 같이 놀이기구를 타 주었다.

 또 다른 놀이기구를 타기 위해 아이들과 줄 서서 기다리는 중, 누군가 우리를 불렀다.

 "얘야."

 앞에 서 있는 무리 중 한 명이 우리 쪽을 바라보며 말했고 고개를 돌린 나는 그 사람과 눈이 마주쳤다. 길이를 줄인 치마와 화장. 한껏 꾸민 듯 보인 그 여학생은 다른 학교에서 수학여행 온 고등학생이었다.

"그래 너 말이야. 너 몇 살이야?"

나랑 눈이 마주쳤으니 나한테 하는 말인가? 나도 모르게 그 여학생의 기에 눌려 말까지 더듬으면서 '저, 저요?'라고 대답해버렸다. '그래 얘야 너.'라고 되돌아오는 걸 보니 당장이라도 나이를 말하지 않으면 한 대 맞을 것 같아 스물다섯이라고 말해주었다.

그 여학생은 선생님인줄 몰랐다며 죄송하다고 여러 번 허리 굽혀 사과했다. 내 옆에서 아이들은 이 상황을 즐기고 있었다. 아이들은 새어 나오는 웃음을 참으려고 노력했지만 이미 웃음소리는 내 귀에 들려왔다. 그 학생이 어떤 의도로 내 나이를 물었는지는 아직도 의문이다. 그렇지만 그 순간 나와 아이들에게 재미있는 상황을 안겨 준 것은 확실하다.

돌아갈 시간이 다다르자 아이들은 약속된 장소로 모였고 아이들이 모일수록 빗방울도 함께 내리기 시작했다. 이내 빗방울은 곧 우박이 되어 우리를 때렸다. 비가 올 것이라고 예보는 있었는데 우박이 내릴 줄이야. 실컷 놀았으니 얼른 집에 돌아가라는 뜻인가 보다. 반팔과 반바지를 입은 아이들은 팔과 다리로 오는 그것들을 맞으며 '악', '으악'하며 여기저기 따가운 그 아픔을 표현하고 있었다. 마치 비비탄 총알을 맞는 듯한 따끔함이었다.

나와 선생님들은 비 올 것을 대비해 챙겨온 우비들을 나누어 주기 시작했다. 자신을 보호해줄 우비를 향해 여기저기서 손을 뻗는 아이들. 내 손도 덩달아 바빠졌다. 그렇게 탄생한 분홍색의 우비 대원들은 더 매서워지는 우박을 피해 출구로 향해 달렸다. 다른 관람객들도 도망치다시피 나오고 있었다.

마침내 출구에 도착했을 때 우린 우비가 하나 남는다는 사실을 알아차렸다. 인원수에 딱 맞게 준비해 온 우비. 하나 남는다는 뜻은…… 아이 한 명이 안 왔다는 것. 다급해진 담임 선생님 두 분은 각 학급 인원을 확인했고 누굴 놓쳤는지 알아낼 수 있었다. 하필 휴대전화를 갖고 있지 않은 아이 ○○였다. 다른 분홍색 대원들은 이미 출구를 나가 주차장으로 이동하고 있었다.

"제가 찾아서 데려올게요. 선생님은 반 아이들 챙기세요."

나는 그렇게 말하고선 마지막 남은 대원을 찾으러 왔던 길을 되돌아갔다. 영화 '라이언 일병 구하기'가 떠올랐다. 관람객들은 우박 연합군의 기습 공격에 아우성을 지르며 출구로 향했고 나는 우비 하나를 손에 쥐며 그들과 반대 방향으로 뛰어갔다. 꼭 재난영화에서 주인공이 미처 탈출하지 못한 가족을 구하러 역주행을 하는데. 작년에 겪은 지진에, 올해 방송실 화재에 지금은 우박까지. 재난영화를 시리즈로 찍고 있었다.

사람들을 헤집고 달려가는 와중에 1반 선생님으로부터 전화가 왔다. ○○가 약속된 집결지에서 기다리고 있다는 소식을 들을 수 있었다. ○○는 주변 사람의 휴대전화를 빌려 외워둔 담임 선생님의 번호로 전화를 건 것이었다. 똘똘하기도 하여라. 비상연락망, 연락 체계의 중요성을 우박과 함께 몸소 느끼는 순간이다.

익숙한 얼굴의 남자아이 한 명이 서 있는 것이 보인다. 찾았다 요 녀석. 집에 가자 이제. 나는 ○○에게 분홍색 우비를 입혀주었고 그 렇게 마지막 우비 대원의 손을 잡으며 그곳을 탈출했다. 본인도 놀 랐을 텐데 나무라지 않았다. 그 넓은 놀이공원에서 시간 맞춰 오려 고 얼마나 애썼을까. 마침내 도착한 집결지에는 아무도 없고 우박 까지 내렸으니 심히 당황했을 것이다. 그 혼란 속에서 침착하게 담 임 선생님의 번호를 외우며 주변의 도움을 요청해 전화를 했으니 오히려 칭찬을 해주어야 했다.

다음 날 학교에서는 나를 포함한 놀이공원 이야기가 5학년 복도 를 통해 들려왔다.

"나 체육 선생님이랑 바이킹 탔다!"

"어떤 고등학생 누나가 체육 선생님 삥 뜯으려고 했어. 아니 번호 따려고 한 건가? 아무튼 엄청 웃겼는데."

"체육 선생님이 ○○이 구하러 갔었대."

어떤 말과 행동을 했던지 아이들의 입에 오르고 내리는 가십거리 가 되는 것이 교사인 것 같다. 어찌 되었든 나중에 회상할 수 있는 재밌는 추억 하나를 그들과 같이 해주었다는 것에 인솔자의 역할을 충분히 한 것 같다. 기억되는 추억 함께 만들기. 그거면 됐다.

교사에서 군인으로

봄의 기운이 지나가고 아이들의 옷차림이 점점 더 얇아지고 있다. 체육수업에서 흘리는 아이들의 땀도 이전에 비해 많이 맺힌다. 6월이 다가오고 있는 모습이다. 이는 내가 군입대하는 날이 얼마 남지 않았단 뜻이기도 하다. 6월 25일이 다가올수록 수업 준비와 함께 마음의 준비도 해야 했다. 그러나 매일 100여 명의 아이들을 마주하며 정신없는 하루를 지내고 당장 다음 날 수업 준비가 더 중요한 나에게는 마음의 준비를 할 여유가 없었다.

선생님들은 이미 나에게 하나둘씩 위로와 격려의 말씀을 해주셨다. 아이들에게는 일부러 말을 하지 않았으나 몇몇의 눈치 빠른 녀석들은 체육 선생님의 군입대 소식을 친구들에게 전하고 있었다. '선생님 편지 쓸게요, 저희 잊지 마세요.'라고 말하는 아이들과 '선생님 머리 언제 잘라요? 짧게 자른 머리 보여주시면 안 돼요?'라고 묻는 아이들. 미안하지만 보여줄 수 없어 얘들아. 벌써부터 키득거리는 너희들의 웃음소리가 들리는 것 같구나.

짐을 정리해야 하고 방도 빼야 했다. 하지만 실천으로 잘 옮겨지지 않았다. 그렇게 입영열차 타기를 마음으로만 준비하고 있는 도중 내가 재검 대상자인 것을 알게 되었다. 신검을 받은 지 5년이 지났기 때문이다. 대학병원에서 과거병력을 토대로 이것저것 검사를 받았다. '기립경검사'라는 특수검사를 받았고 '미주신경성 실신'이라는 진단이 내려졌다. 그 결과를 바탕으로 나는 병무청 재검에서 4급 사회복무 판정을 받았다. 공군 입대를 불과 2주 남긴 시점이었다.

6월 25일의 입대는 취소되었고 나는 짐을 정리할 필요도, 방을 뺄 필요도 없어졌다. 다시 나에게 아이들과 함께할 수 있는 시간이 연장되었다. 올해 네가 맡은 아이들, 그리고 그해 체육수업은 네가 책임지라고 신께서 말하는 것 같았다.

대학병원에서 진단받은 미주신경성 실신은 긴장 상황에서 부교감 신경의 과도한 진정 작용으로 나타나는 실신이라고 한다. 나는 기립경 검사를 받는 도중 실신했고 이에 따라 양성 판정을 받았다. 언제 실신했는지 떠오르질 않는다. 눈을 떠보니 '환자분, 검사 끝났어요. 잠깐 실신하셨어요.'라는 의사 선생님의 목소리만 기억한다.

그날 밤 나는 잠에 드려고 누웠을 때 문득 내일이 오지 않을 수도 있다는 생각이 들었다. 잠들었다 깨면 당연하게 맞이하는 것이 아침인데. 그 아침이 내일 나를 안 찾아와주면 어떡하지. 지금 눈을 감으면 내일 눈을 뜰 수 있을까. 창밖 배경을 덮고 있는 밤하늘의 그 색이 밝아지지 않을지도 모른다. 실신을 한번 해봤기 때문일까. 나의 의문은 사유가 되어 내 머릿속을 헤집었다. 다음날 눈을 뜨고 아침을 맞이하면 그것만큼 감사할 일이 없을 것이라고 생각했다. 그리고 그렇게 된다면 그 하루를 온전히 잘 보내겠노라고 다짐했다.

다행히 나는 다음 날 나를 깨우는 알람 소리로 인해 새 하루를 맞이할 수 있었다. 그 아침은 여느 때와 다름없이 정신없는 아침이었다. 출근길에 바라본 풍경, 들리는 소리가 내 감각을 새롭게 깨우는 것 같았다. 변한 건 하나도 없는데. 계속 아이들을 가르치는 선생님을 할 수 있다는 사실이 출근길 기분을 좋게 만들었다. 나는 학교로 향하면서 감사기도를 드렸다.

"저 다시 학교에 있게 되었어요, 선생님. 계속 잘 부탁드릴게요."

교감·교장 선생님은 학교에 중요한 남자 선생님 한 명을 잃지 않아서 다행이라고 기뻐하셨다. 미리 작별 인사를 주고받았던 선생님들과도 다시 함께하게 되었다. 여기저기 군입대한다고 말해두었었는데. 내가 받았던 위로와 격려를 취소해야 될 상황이다. 그 주 수업 때 아이들에게도 소식을 전했다. 선생님 군대가 미뤄져서 올해는 너희들과 함께 지낼 거라고. 그들은 환호성을 질렀다. 맨날 수업 때 소리만 질러대는 나였었을 텐데. 뭐가 좋다고 이리 좋아해 주는지. 미안했고 고마웠다.

그 이후로 나는 평소와 같이 매 시간마다 나에게 오는 각 반 아이들과 함께 운동장을 뛰고 땀을 흘리며 체육수업을 진행해 나갔다. 초등학교 교사에서 군인으로 신분이 바뀌는 듯했으나 그 해를 군부대가 아닌 다시 학교에서 보내는 그 순간들이 감사했다. 다음 해 즈음에나 사회복무를 시작할지도 모르지만 그때까지 주어진 하루에 감사하며 내 앞에 있는 아이들에게 최선을 다하고자 했다.

6월 25일이 지나고 7월이 찾아왔다. 아이들의 얼굴과 팔은 점점 작열하게 내리쬐는 햇빛으로 그을려지고 있다. 야외 체육수업을 한 번 하고 나면 아이들의 얼굴은 땀이 흐르고 열기로 인해 벌겋게 달아오른다. 어쩌면 나도 아이들처럼 땀을 흘리며 훈련을 받고 있었을 텐데. 내가 운동장에서 즐겁게 체육수업을 할 수 있는 이유 중 하나는 지금도 국방의 의무를 수행하고 있는 그들의 땀이 있기 때문이다. 언젠가 내가 가르치는 이 아이들이 커서 성인이 되었을 때, 국방의 의무를 수행할 그 날이 오겠지. 그날이 오기 전에 아이들의 몸과 마음을 건강히 성장시키고자 한다.

기다려주는 시간이 필요해

운동장 체육수업을 마치고 아이들을 교실로 올려보냈다. 나도 뒷정리를 마무리하고 내 자리가 있는 4층 실내체육실로 올라가고 있었다. 10분의 짧은 쉬는 시간 동안 실내체육실에서 메신저를 확인하거나 휴식을 취하거나 혹은 다음 수업 준비를 한다.

4층을 오르고 있는 도중 2학년 여자아이 두 명이 주저앉은 남자아이 한 명을 달래주며 일으키려고 하는 것을 보았다. 언뜻 살펴보니 남자아이는 우리 학교 선생님이면 대부분 다 아는 유명 인사다. 다운증후군을 가지고 있는 특수반 아이 ○○이었다.

○○이의 웃는 모습을 가끔 볼 수 있었는데 이보다 해맑게 웃을 수 있을까 싶은 얼굴이다. 하지만 ○○이는 쉬는 시간에 종종 교실을 사라지곤 했다. 수업을 듣기 싫어서, 밖에서 놀고 싶어서, 아니면 그냥 움직이며 돌아다니고 싶어서. 이유는 다양했을 것이다. 그럴 때마다 2학년 그 반 담임 선생님과 아이들은 이 친구를 찾으려고 단체로 술래잡기를 했다.

다행히 ○○이는 같은 반 친구들에게 꼬리를 잡혔고 나는 그 장면을 목격한 것이다. 주저앉은 ○○이는 '내가 여기서 잡히다니 분하다. 하지만 교실로 들어가고 싶진 않아.'라는 표정을 하고 있었다.

"내가 일으켜 줄게. 우리 같이 우리 반 가자."

"일어날 수 있어? 내 손 잡아봐."

여자아이 둘은 그 아이를 교실로 데려가고 싶어 했으나 뜻하는 대로 잘 풀리지 않는 모양이었다. 내가 도와주어야 하나 싶었지만 아니, 그냥 지나가기로 했다. 다음 수업 준비가 촉박해서가 아니었고 얼른 올라가 휴식을 취하고 싶어서도 아니었다. 나는 2학년 남자아이를 번쩍 일으켜 교실로 데려다줄 수 있을 정도의 근력을 가진 체육 교사이지만 그렇게 한다면 이 두 여자아이가 ○○이를 도와줄 수 있는 기회를 빼앗는 것이 아닐까 하는 생각이 문득 들었기 때문이다.

실내체육실에 도착하여 내 자리에 앉아 생각했다. 그 상황에서 내가 개입했으면 어땠을까. 내가 ○○이를 들어 올림과 동시에 두 아이 입에서 '내가 도와줄게. 우리 같이 가자.'라는 말은 멈췄을 것이다. 그리고 더 이상 도와줄 필요는 없어졌을 것이다. 같은 반 친구에게 '나랑 우리 반으로 같이 가자.'라고 말하는 그 아름다운 장면을 방해하고 싶지 않았다.

나는 잠깐의 생각할 시간을 마치고 다음 교시 수업이 있었기에 다시 운동장으로 나가야 했다. 내려가는 계단에서 그 아이들은 보이지 않았다. 나는 내게 체육수업을 들으러 나오는 5학년 아이들에게 집중하고자 했다.

오전 4교시 내내 정신없는 체육수업을 보내고 들어선 교직원 식

당. 특수반 선생님으로부터 ○○이를 찾는 숨바꼭질이 2학년 두 여자아이로 인해 마무리되었다는 이야기를 전해 들을 수 있었다.

오후 수업이 없는 그날은 운동장이 아닌 내 자리에서 시간을 보냈다. 학교 동쪽 건물 4층에 있는 실내체육실은 내 책상과 컴퓨터만 있을 뿐 남은 공간은 고요함으로 채워진다. 나를 찾는 학생이나 학부모 전화가 걸려 올 경우가 잘 없다. 업무를 하고 수업을 준비하기에, 그리고 생각하기에 좋은 장소이다.

나는 그 장면을 다시 떠올려 보았다. 교사는 학생들을 가르치는 사람이지만 때때로 교사가 아무것도 하지 않고 지켜보는 것이 아이들에게는 배움의 기회가 될지도 모른다는 생각이 들었다. ○○이 곁에 있던 두 여자아이는 ○○이를 교실로 데려가기 위한 방법을 치열하게 고민했을 것이고 시도했을 것이며 그렇게 내 친구를 생각하는 마음을 길렀을 것이다. 특수 아동을 향한 저학년 아이들의 순수한 접근은 틀림이 아닌 다름을 알아가고 ○○이의 세계를 이해하는 데 도움이 되었을 것이라고 본다. 물론 아이가 난간에 걸려있거나 하는 등 위기 상황에서 교사의 개입은 필수적이겠지만.

그러한 생각이 이어지자 나는 아이들을 가르치면서 섣불리 개입했던 적은 없었는지 기억을 되감아 보았다. 음, 몇 장면들이 '너 이랬었어.'하면서 머릿속에 나타났다. 조금만 기다려주면 할 수 있는데, 조금만 더 지켜봐 주면 해낼 수 있었을 텐데. 이 학생에겐 교사인 내 도움이 필요하다고 예단하진 않았는지. 그리고 그렇게 도와

주고 나선 난 잘 가르치는 교사라고 스스로를 평가하진 않았는지 반성하게 되었다.

수업도 마찬가지다. 수업 때 질문을 던지고 바로 대답이 돌아오지 않으면 내가 답을 말해버리거나, 잘 연습하고 있는 아이의 수행을 멈추게 하고 이렇게 하는 거라고 시범을 보이는 등 성급한 개입은 아이가 배울 수 있는 기회를 뺏을 수 있다. 그래서 앞으로 그러지 않기로 했다. 질문을 하면 생각할 시간을 충분히 주고자 했다. 답을 이미 아는 친구들은 다른 친구들의 생각할 시간을 존중하자고 아이들에게 말했다. 아이들은 스스로 자신의 주변 세계를 탐색할 힘을 가지고 있다. 그들에게는 때로 기다려주는 시간이 필요하다.

체육 교사로서 임무 완수

그 해 체육 교사로서 첫 수업은 각 반 교실에서 진행했었다. 아이들과 소개를 주고받고 앞으로 체육수업 시 주의사항에 대해 이야기를 나누었다. 더불어 체육 교과서의 내용을 살펴보면서 기대되는 체육활동을 찾고 발표하는 시간도 가졌었다. 그렇게라도 체육 교과서를 펴봐야 할 것 같았다. 체육에 대한 아이들의 기대에 부응하기 위해서 그들의 피드백을 받아 체육 교육과정을 꾸려나가고자 했다.

때문에 나는 체육교육과 전공이 되어야 했었다. 거의 매 수업마다 뛰었고 땀을 흘리면서 아이들의 신체활동, 체력, 부상 예방을 담당했다. 나의 흘려진 땀은 아이들에게 협동심, 배려심, 도전, 선의의 경쟁, 스포츠맨십 등의 가치를 채워 넣기 위함이었다. 그리고 이제는 체육 교육과정 살림을 되돌아보아야 할 때가 왔다. 체육 교사로서 마지막 수업이다. 이 역시 첫 수업과 마찬가지로 각 반 교실에서 진행했다.

PMI기법에 따라 모둠별로 Plus(좋았던 점), Minus(아쉬웠던 점), Interesting(흥미로웠던 점)에 대해 이야기를 나누어보고 글로 정리하여 발표하는 시간을 가졌다. 대부분 학급에서 아쉬웠던 점으로 피구를 많이 하지 못한 점을 꼽았다. 우리 피구를 제일 많이 했었는데……. 아무리 많이 해도 부족한 것이 피구다. 피구의 인기를 다시 한번 실감했다.

나아가 한 해 동안 체육수업을 통해 각자 배운 점은 무엇이고 앞으로 자신의 체력향상을 위해 어떠한 운동을 탐구해볼 것인지 의견을 나누었다. 그저 노는 교과라는 인식을 줄이고 싶었다. 특히 졸업하는 6학년 학생들에게 이 부분에 대해 좀 더 많은 시간을 가졌다. 8개의 학급에 들어가 아이들과 이야기를 나누고 피드백을 주고받았다. 그 해 마지막 체육수업을 그렇게 마무리했다.

가능할까 의문을 가졌던 200여 명의 아이들 이름 외우기는 가능하다는 확신으로 매듭지어졌다. 이름과 얼굴을 외우는 것을 넘어서 체육수업에서 관찰한 아이들 각자의 장점을 학교생활기록부 '교과학습발달사항'에 기록해야 했다. 아이 한 명 한 명 기록할 때마다 그들이 그 해 나에게 온 의미를 되새겨보았다. 순간마다 모두에게 최선을 다하고 싶었다. 그러지 못했던 장면이 떠오르는 것을 보면 나는 아직 경험이 적은 2년 차 신규 교사임이 분명했다.

수업을 모두 마치니 종업식까지 약 1주일의 시간이 남았다. 담임교사였다면 교실 살림을 정리하느라 바빴을 것이다. 전담인 나에게는 휴식이 찾아온 걸까. 그럴 리 만무했다. 교사의 역할은 수업에 국한되지 않는다. 나의 임무는 끝나지 않았다. 방송부를 맡고 있었기에 졸업식 및 종업식 방송을 준비해야 했다. 졸업 특별 영상을 제작하는 것도 추가되었다.

1년 중에 가장 중요한 방송 일정을 뽑는다고 하면 단연 입학식과 졸업식일 것이다. 어디서나 시작과 끝맺음은 중요하다. 그런 중요성에도 불구하고 나는 졸업식 당일 늦잠을 잤다. 어쩐지 개운하더라니. 9시 10분에 시작하기로 되어있었는데 안타깝게도 시계는 8시 50분을 알렸다. 꿈이었으면 얼마나 좋았을까. 졸업식 날 지각을 알리는 시계만큼 정신 차리게 하는 것은 없을 것이다.

나의 뇌는 이 상황을 대처하기 위해 바삐 명령을 내렸다. 콜택시를 부른 후 온몸을 30초 내로 씻어내고 스킨, 로션, 빗, 드라이기를 챙겼다. 택시 안에서 기사님께 양해를 구하고 수건으로 머리를 말렸다. 제발 한 번만 봐달라고 기도드리며 방송실에 도착하니 우리의 방송 어벤져스 친구들은 나 없이도 세팅을 끝내 놓았다. 기특한 것들. 정말 고맙다 얘들아. 너희들이 우리 학교를 구했어. 시계는 9시 5분을 가리키고 있었다. 칭찬을 해주려던 찰나 곧이어 교장·교감 선생님께서 들어오셨다. 아직 젖어있는 내 머리를 보고 흠칫 놀라는 표정이셨다.

"윤 선생님, 방송 준비 다 되었나요?"

"네, 다 했습니다. (아이들이.)"

방송을 마친 후 교문으로 나와 학교를 나서는 아이들을 배웅했다. 겨울방학을 맞이한 5학년. 그리고 졸업식을 마친 6학년이다. 방학 잘 보내라는 말과 졸업 축하한다는 말을 해주는 것이 그 해 체육 교사로서 마지막 역할이었다. 아이들은 작년과 마찬가지로 나에게 군대 잘 다녀오라는 인사를 남기고 떠났다.

　매일 운동장에서 아이들과 뒹굴다가 한 해가 지나갔다. 학사일정을 모두 마친 초등학교 운동장은 비로소 1월을 알리는 듯이 쌀쌀한 추위가 내려앉았다. 그러나 그곳에서 내가 관찰한, 작별 인사를 하는 선생님들과 아이들의 눈에는 따뜻한 뭉클함이 깃들어 있었다.

　초등교사로서 둘째 해였던 그해 여름에 나는 군입대를 앞두다 사회복무요원 판정을 받고 감사하게도 학교에 남을 수 있었다. 겨울을 아이들과 함께 맞이할 수 있었던 것은 축복이라고 생각한다. 내가 학교에 발을 들이면서 처음 마주한 그 4학년 아이들은 5학년의 시기를 지나 겨울방학을 맞이했다. 개학을 하면 6학년이 되어 학교에 나타나겠지. 나는 아이들이 6학년이 되는 해에 사회복무를 이행하고자 했다.

　때문에 종업식이 다가오기 약 한 달 전, 연말에 딱 한 번 있는 병무청의 사회복무 소집에 입영 신청을 했다. 그러나 병무청은 쉽게 날 학교에서 데려가지 않았다. 신청자가 많아 소집에 떨어진 것이다. 군입대가 이렇게 어려울 줄이야. 자연스럽게 군입대 재수생이 되었다. 다음 사회복무 입영 신청은 약 1년 뒤 돌아오는 연말에 있었다. 그 뜻은 한 해를 더 학교에 있게 되었다는 의미이기도 했다. 나는 아이들이 6학년이 되는 해에도 내 존재 가치를 학교에서 증명해야 했다.

　한꺼번에 빠져나간 전교생으로 인해 학교는 고요함 내지 허전함으로 빈 공간을 채웠다. 그런 분위기는 학사일정이 비로소 끝났음을, 선생님들에게도 겨울방학이 찾아왔음을 알렸다.

"고생 많으셨어요."

"방학 잘 보내세요."

"건강히 지내다가 봬요."

선생님들과 인사를 주고받으니 학교의 한해살이가 이렇게 또 마무리되었다는 실감이 났다. 겨울방학이 시작하기 전 교사들은 새롭게 희망하는 학년과 업무를 작성하여 교무실에 제출해야 한다. 학교를 나서기 전 나는 희망 학년에 '6학년 담임'을 적어 교무실에 제출했다.

3부

마침표, 그러나 다시 반점이 되어

피하고 싶었던 무언가

겨울방학 중에 걸려온 전화번호가 교무실 혹은 교감 선생님이라면 개학하기 전 업무분장이 시작되었음을 의미한다. 교감 선생님은 교사로부터 제출받은 업무분장 희망서를 바탕으로 한 해 업무를 적절히 배분해야 했다. 어느 사회나 마찬가지지만 교사에게도 기피하는 업무가 존재했다. 임용된 지 2년밖에 안 지났지만 이제는 어떤 업무가 어렵고 기피되는지 파악할 수 있었다.

신경을 많이 써야 하는 업무들은 선생님들로부터 미움을 샀다. 나이스(교육행정 정보시스템), 방송, 돌봄교실, 학교폭력, 청소년 단체(스카우트) 등이 그 예다. 방학 때 전화 온 교감 선생님의 입에서 '선생님, 올해 나이스 업무 맡으실 수 있나요?'라는 물음이 나오면 다들 나름의 논리적인 이유를 대면서 '저는 못한다.'라는 방어막을 내세웠다. 눈치 게임이 시작된 것이다.

불청객이 된 기피 업무들은 서로 폭탄 돌리기 하듯이 누군가에게 떠넘겨지고 있었다. 그 누군가는 대부분 저경력의 젊은 교사였다. 다른 공무원 집단과 크게 다를 바 없이 신규에게 업무에 대한 많은 기대를 바라는 현상은 초등학교에서도 보였다. 교사들 사이에서는 '6학년 담임을 맡은 선생님에게 기피 업무가 주어지면 안 된다.'

라는 암묵적인 공식이 있었다. 6학년은 수업시수가 제일 많고 발달 단계상 맡기 가장 어려운 학년이라는 특성이 그 근거가 되었다. 머리가 굵어진 초등학교 최고 학년 아이들, 시시각각 변화하는 그들의 교우관계에 신경을 쏟고 학교폭력을 예방하며 무사히 아이들을 졸업시키는 것 자체가 6학년 담임들의 업무라는 것이다.

그러나 6학년은 우리 학교에서 제일 젊은 선생님들로 구성이 되었고 따라서 위의 공식이 깨지게 되었다. 나이스, 방송, 청소년 단체가 나를 포함한 6학년 선생님들에게 주어졌다. 작년에 익혔던 방송부를 그대로 맡았기에 나는 크게 걱정을 안 했지만 볼멘소리가 학년 내부에서 나오는 것은 당연해 보였다. 학교 막내인 나로선 말을 아낄뿐이었다. 이제 겨우 3년 차 신규 교사였지만 업무가 힘들고 많으면 그만큼 아이들에게 쏟을 에너지가 줄어든다는 것임을 잘 알고 있었다. 어떤 선생님도 이와 같은 상황을 원치 않을 것이다.

물론 내가 6학년을 지원한 것은 기피 업무를 피하기 위함이 아니었다. 첫해에 4학년, 둘째 해에 5학년을 맡았으므로 여기까지 온 이상 6학년까지 내가 맡았던 아이들과 함께하고 싶은 것이 제일 큰 이유였다. 07년생 아이들과 해가 바뀔 때마다 같이 학년을 올라가니 이 아이들을 내 손으로 졸업시키고 싶은, 그런 욕심이 들었다. 3년 동안 학교에서 같이 지낸 아이들을 중학교로 올려보내는 졸업식에서 나는 어떤 기분이 들까.

새 학년 시작을 약 1주일 앞두고 선생님들은 다시 학교로 모였다.

교육과정을 재정비하고 아이들을 맞이할 준비를 하기 위해서이다. 방학 중 모든 선생님께 전화를 돌리신 교감 선생님의 수고 덕분에 업무분장 눈치싸움은 끝난 듯했다. 그러나 그 과정에서 교사 각자 나름대로 감정을 소모했을 것이다. 교사는 아이들에게 협동과 배려를 가르치지만 업무분장 눈치싸움에서는 가르치는 것과 모순된 모습을 보인다. 나는 쓸쓸한 현장의 모습을 배워가는 신규 교사였다.

  시작 전부터 선생님들 사이에서 삐걱거리는 소리가 들리는 듯했음에도, 우리는 교사이기에 언제나 그렇듯 각자 자신의 학급에서 최선을 다해 아이들을 가르칠 것이다. 그러기 위해서는 내가 가르칠 학생이 누구인지 알아야겠지. 그 해 맡게 될 학급 아이들의 명단을 뽑는 순간이 다가왔다. 1반부터 4반까지 4개의 학급 명단이 주어졌고 나를 포함한 6학년 선생님 네 명은 그것을 흰 봉투에 넣었다. 작년에 체육 전담이었던 나는 이미 아이들을 다 알고 있었다. 때문에 아이들의 이름이 적힌 4개의 명단을 보았을 때 명단마다 학급 분위기를 예상해볼 수 있었다. 나도 모르게 그중 4반만은 피하고 싶다는 생각이 들었다. 작년에 꽤나 신경을 쓰게 만들었던 아이들의 이름이 4반 명단에 적잖이 적혀있었기 때문이다. 우리는 무작위로 각자 흰 봉투를 하나씩 뽑았다. 내가 뽑은 봉투, 그 밖으로 나와 나를 마주한 것은 4반 명단이었다.

  봉투에 적힌 6-4라는 숫자가 잠시 멍을 때리고 있었던 내 정신을 깨웠다. 그렇게 나는 세 번째 해에 6학년 4반 담임이 되었다. 이 아이들이 졸업할 때까지 함께하고 싶은 마음으로 6학년을 지원했었는데. 막상 마주한 내 학급 아이들 명단을 보니 걱정과 두려움이 기대감을 역전했다. 6학년으로 올라오는 이 07년생 친구들을 다 알고 있으니 6학년 담임으로서 자신 있었는데. 오히려 어떤 아이들인지 다 알고 있다는 것이 두려움으로 다가왔다.

내 손으로 가져온 내 반, 그러나 이미 아이들에 대한 부정적인 생각에 사로잡힌 나는 갑자기 밀려오는 회의감에 두 눈을 질끈 감았다 뜨며 두통을 호소했다. 다른 봉투를 뽑을걸. 아니 차라리 6학년에 지망하지 말걸. 2년 동안 봤으면 됐지 무얼 또 1년을 더 보려고 했을까. 아이들이 날 지겨운 대상으로 여길지도 몰라. 담임이 나인 걸 알면 실망하겠지. 내 생각도 시작 전부터 삐걱거리고 있었다.

그럼에도 나는 6-4반 아이들과 함께 한 해를 살아가야 했다. 내 안에서 증식하는 어두운 감정을 뚫고 6-4반 담임 교사로서 모습을 되찾아야 했다. 작년에 같이 웃고 화내고 울고, 그리고 다시 웃으면서 지냈지 않았던가. 올해도 할 수 있다. 겁먹지 말자. 혼자 예단하지 마. 스스로에게 최면을 걸었다. 아이들의 이름을 다시 한번 되새기며 학급 환경을 정비했다. 사물함에 부착할 이름표도 만들었다. 교실은 아이들을 맞이할 준비를 끝마쳤다.

집에 들어와 침대에 누우니 잠은 쉽게 날 찾아와주지 않았다. 바깥 풍경은 이미 자야 할 시간을 알리는 듯 고요했고 어두운 밤하늘이 배경을 덮었다. 새벽이었음에도 잠을 허락하지 않은 그 밤은 나를 여러 생각에 둘러싸이게 했다. 지난 한 주를 되돌아보니 4반 명단에 적힌 이름들을 보고 실망했던 내 모습밖에 그려지지 않았다.

그걸 깨닫는 순간 아이들에게 너무 미안했다. 미안한 감정이 봇물 터지듯 밀려와 나를 집어삼켰다. 아이들은 아무 잘못이 없는데. 그저 새 학년 새 친구들, 그리고 새로운 담임 선생님에 대한 기대와 설렘으로 개학을 준비하고 있을 텐데. 반대로 나는 아이들을 미워하고 있었다. 업무를 기피할지언정 아이들을 기피하려 하다니. 교사가 자신이 가르치고 싶은 아이를 고를 수 있다고 생각했던 걸까. 너무나도 위험한 생각이다. 내게 온 아이들은 내가 가르치고 보살펴야 하는데 그들을 미워한 나 자신이 너무 한심하게 느껴졌다. 아직 '우리 반'으로서 시작도 하지 않았는데. 초등학교 교사가 맞나 싶다. 어떤 편견이 날 지배했던 걸까. 나의 반성하는 밤은 나를 6-4반의 담임 교사의 모습을 되찾는 길로 안내했다.

잘해줘야겠다고 다짐했다. 어떤 방향으로 가르치는 것이 잘해주는 것인지 아직은 찾아가고 있는 중이지만 그럼에도 일단은 잘해주겠노라고 마음을 다잡았다. 갑자기 4반 명단에 적힌 이름들이 보고 싶었다. 이제는 내 반이 된 아이들이 보고 싶었다. 우리가 겨울잠에서 깨어나 6학년이 되어 교실에서 마주하는 그 날, 한 명 한 명 얼굴을 쳐다보며 보고 싶었다고 말해주고 싶었다.

4학년 5반 담임을 시작으로 5학년 체육 전담, 그리고 이제는 6학년 4반 담임이다. 그렇게 나는 그해 나에게 온 28명의 4반 아이들을 포함하여 07년생 친구들과 마지막 1년 여행의 시작을 앞두고 있었다.

6학년이 된 너희들

'어서 와 6학년은 처음이지'
'드디어 6학년이 되어버렸습니다'
'좋으나 싫으나 이제 우리는 6학년 4반'

초등학교에서의 마지막 1년, 6학년의 시작을 알리는 문구를 학급 환경 게시판에 꾸며 놓았다. 교실문을 열고 들어오면 바로 보일 수 있게. 그렇게 교실로 들어오는 4반 아이들 한 명 한 명을 환영해주고자 했다.

언제나 그렇듯 새 학년을 시작하는 개학 날 교실엔 조금은 서먹하고 어색한 기운이 감돈다. 아이들은 두리번거리며 반사적으로 자신과 친한 친구를 찾아 같이 앉으려고 할 것이다. 이미 지난 5년 동안 학교에서 서로 알게 모르게 지냈기 때문에 이름은 모르지만 얼굴은 아는 친구도 눈에 보일 것이다. '쟤도 우리 반이네.'하면서 자신과 한 해를 함께할 우리 반 구성원을 탐색하겠지. 나도 그랬었으니까.

이날은 교실에 선생님이 자리를 비워도 크게 시끄러워지지 않는다. 아무도 조용히 하라고 하지 않았음에도 교실은 실내 정숙 상태를 유지한다. 행여 목소리가 크다면 다른 친구들의 주목을 받기 때문이다. 아이들은 다른 친구들이 자신을 쳐다보는 시선을 감당하고 싶지 않았을 것이다. 심지어 쉬는 시간임에도 소곤거리면서 대화하는 장면을 찾아볼 수 있다. 6학년 첫날이었으니까, 아직 '우리 반'이라는 편안한 유대감을 느끼기보다는 '같은 반'이라는 사실이 더 인식되었을 것이다.

두 단어가 가지는 뜻은 비슷해 보이면서도 대상을 인식하는 태도에서 차이를 갖는다. '우리 반'은 나와 학급 내 구성원을 학습 공동체로 인식하여 동료로 받아들이는 것이다. 나와 친구들, 그리고 선생님까지 '우리'라는 개념으로 묶어서 생각하는 것, 그러므로 그곳에는 유대감이 존재하고 협력과 소통이 형성되어 있다.

반면에 '같은 반'은 같은 학급 공간 내에 같이 존재하는 집단을 뜻한다. 숫자로 정의되는 이것은 1반, 2반, 3반, 4반과 같이 다른 반과 구분하기 위해 사용되며 구성원들 사이에 정서적 교류는 다소 약하다. 어쨌든 4반 교실로 들어온 아이들은 같은 반이 되었고 점차 우리 반이라는 인식으로 스며들 것이다.

아이들이 어색한 기류 속에 빠져있을 때 누군가 그 차가운 공기를 깨뜨려줄 사람이 필요했다. 나는 교실 문을 열고 들어섰다. 체육 교사에서 이제는 담임으로 아이들을 마주하는 순간이었다. 아이들은 마냥 귀엽게 느껴졌던 4학년에서 어느새 10대 청소년의 모습을 보이는 6학년이 되어 내 앞에 앉아있었다. 겨울방학 동안 고새 키를 더 자라서 온 그들은 이제 내 키를 거의 다 따라잡았다. 내 키는 지난 2년 동안 그대로인데. 너희들은 기어이 내 키를 따라잡겠다 이 거지. 여름이 되면 내가 올려다봐야 할지도 모른다. 나는 훌쩍 성장 한 아이들의 키에 놀라고 아이들은 담임이 나라는 사실에 놀랐다. '체육쌤이 왜 여기에?'하는 눈빛으로 날 반겨주었다. 그래, 지금쯤 체육쌤은 훈련소에 들어가 있을 거라고 생각했겠지.

"반갑다 얘들아, 보고 싶었어. 선생님 소개는 안 해도 다 알고 있 겠죠? 앞으로 6학년 4반으로서 우리 잘해봅시다."

짧은 자기소개였다. 나와 아이들은 지난날 동안 이미 레포 형성이 되어있었기 때문에 내 이름을 칠판에 적거나, 선생님에 대해 궁금 한 점을 질문받는 다던가 혹은 목소리를 깔고 무겁게 분위기를 잡 는 다던가를 할 필요가 없었다. 그러나 그것은 레포 형성이 필요 없 다는 것을 의미하지 않는다. 작년 한 해 동안 형성한 교사-학생 관 계를 학급 내에서 정교화할 필요가 있었다. 아이들을 마주한 순간 우리는 6학년 4반의 담임 교사와 아이들로서 새로운 관계로 다시 정의되었기 때문이다.

나는 6학년 담임 교사가 되었고 아이들은 초등학교 최고 학년을 찍어 예비 중학생이라는 타이틀을 달았다. 초등학교의 최고참이다. 여학생들은 학교 밖에서 틴트를 바르고 남학생들은 비로소 초등학 교 운동장 골대를 점령하는 학년이 된 것이다. 키는 자고 일어날수 록 자라날 것이고 목소리가 굵어지기 시작한 아이도 있다. 굵어진 머리만큼 주변 세계에 민감하게 반응할 것이다. 5학년과의 갈등이 일어날 수도 있고 예민한 또래관계는 학교폭력의 가능성을 완전히 지우기 어렵다. 때문에 학교 선생님들, 특히나 교무실에서는 관심과 집중 대상이 6학년을 향해 있다. 또한 이 시기에 아이들은 또래집단의 영향을 점차 많이 받기에 유대감을 공유하는 친구들끼리 삼삼오오 무리를 지어 다니는 것을 관찰할 수 있다. 6학년이다.

새 학년 첫날은 어느 반이나 단체사진을 찍는다. 여러 가지 의미가 있을 것이다. 새 학년을 다 같이 잘 보내자는 의미에서, 우리가 같이 만나게 된 것을 기념하는 뜻에서 혹은 담임 교사가 반 아이들의 얼굴을 빨리 익히기 위해서와 같은 이유로 단체사진을 찍는다. 나도 6학년 4반 아이들과 첫 만남의 순간을 카메라에 담았다. 사진 속에는 28명의 아이들이 저마다의 표정으로 6학년을 맞이하는 듯 보였다. 이제는 '육사반'이라는 별칭을 불러야겠다고 생각했다. 육사반 단체사진을 출력하여 SNS 게시물처럼 태그를 붙여 학급 안내 게시물을 만들었다. 6학년 한해살이의 시작이다.

#선생님 말 좀 잘 들어라 #복도에서 뛰지 마
#학교폭력 없기를 #무사히 졸업하자 #제발

서로의 이름을 불러줍시다

하늘색 배경 위에 각자의 이름이 있다. 아이들은 그런 이름표를 각자 하나씩 목에 걸었다. 서로의 얼굴을 마주할 때 상대방의 이름을 만나고 그렇게 친구들의 얼굴과 이름을 짝지어 기억하게 될 것이다. 선생님들 역시 아이들을 '어 저기야.' 혹은 '야'라고 부르지 않고 한 번이라도 더 이름을 부르려고 노력할 것이다. 3월 한 달간만 이름표를 착용하자고 아이들과 약속했다. 학년 회의에서 결정된 우리 학교 6학년의 첫 번째 공동규칙이었다.

선생님들은 아이들을 향해 '야'라고 부르지 않기를 스스로 경계한다. 감정이 이성을 지배하게 되면 충동적으로 그렇게 불렀던 경험이 한 번쯤은 있었기 때문이다. 이름을 알고 있음에도 말이다. 그 경우 '야'라는 단어 한 글자에는 정제되지 못한 교사의 분노가 담겨 있다. 뒤에 '이씨'까지 덧붙이면 '야 이씨, 너 일로 와봐.'로 시작해서 환상적인 잔소리를 읊어대는 교사가 된다. 고학년을 대하는 교사 입장에서 언어 표현에 다소 힘이 담긴 단어를 선택하곤 하지만 감정이 분노가 되어 내뱉는 말을 지배하지 않도록 나는 늘 경계하고 반성했다.

6학년 아이들은 3월 동안 자신의 이름을 내보이며 학교에서 살아갔다. 그들을 구분하는 건 반마다 달리 설정된 이름표의 배경색이었다. 우리 반은 하늘색이었고 그 하늘은 분홍, 노랑, 연두의 아이들과 함께 어울렸다. 옆 반 선배 선생님의 아이디어로 시작된 이름표. 이는 담임 교사의 생활지도 대상이 자신의 반에 한정되지 않고 다른 반 아이들에게까지 확장될 수 있음을 의미한다. 복도, 현관 등 교실 밖 다른 공간에서 이름표를 목에 건 6학년 아이들의 이름을 불러주며 인사하고 필요시에 생활지도를 하기로 했다. 설령 우리 반이 아닐지라도 말이다. 이름표에는 나를 포함한 6학년 선생님이 아이들을 다 같이 가르치자는, 공동의 책임으로 바라보자는 철학이 담겨 있었다.

6학년 아이들 전체에게 주어지는 각자의 이름표는 아동의 발달 단계 특성을 고려한 교사의 지도전략이기도 했다. 아이들은 그들의 삶에서 중요한 또래관계를 학급 내로 한정하지 않을 것이다. 다른 반 아이들과 교류할 것이고 학교 밖에서 다양한 관계를 맺을 것이다. 우리 반 아이들의 또래관계를 잘 이해하려면 아이들이 다른 반과 맺는 사회적 또래망을 파악하는 것도 필요했다. 그로 인해 갈등관계나 문제상황을 다룰 때 학년 협의를 통한 적절한 해결 방법을 도출해낼 수 있었다. 이처럼 이름표는 선생님들의 관심 대상을 자신의 반 아이들에게서 시작하여 나아가 학년 전체 아이들까지 확장하게 했다.

하늘, 분홍, 노랑, 연두의 이름표는 아이들로 하여금 자신의 말과 행동에 책임을 갖게 한다. 학교에서 순간순간마다 자신의 이름을 걸고 행동하기 때문이다. 학년 초 아이들이 착용하는 이름표는 친구들의 이름을 빨리 기억함과 동시에 자신의 행동에 책임질 수 있는 자세를 기를 수 있는 역할을 하는 것 같다.

그러나 몇 년 전에는 이름표 착용으로 인해 학생의 이름이 제3자에게 노출된다는 우려의 목소리가 나왔었다. 마치 아는 사람인 듯 학생의 이름을 부르면서 악의적인 의도로 접근하는 사례가 보고되었기 때문이다. 이어 이는 인권침해가 될 수 있다는 여론이 형성되었고 결국 인권위원회에서는 2017년에 대학교 신입생들의 이름표 착용을 인권침해로 규정했다. 때문에 우리는 안전성을 확보하면서 교육적 효과를 가져오기 위해 이름표 착용을 학교 안에서만, 3월 동안에만이라는 조건을 설정했다.

친밀감이 두텁게 형성된 친한 사이라면 이름이 아닌 서로의 별명을 부르기도 할 것이다. 이럴 때 별명은 친구들 사이에서 친근감의 표시이자 애칭이 되겠지만 친밀감의 코드 하나가 잘못 조율된다면 별명은 더 이상 애칭이 아닌 놀림의 표현이 된다. 별명을 부르는 사람이 누구냐에 따라서 듣는이의 태도가 달라지기도 한다. 이러한 오해를 막고자, 그리고 학년 초 불필요한 갈등을 막고자 우리는 이름표를 착용하고 있는 동안에는 서로의 이름을 불러주기로 하였다. 한 번이라도 더 내 이름을 보이고 상대방의 이름을 불러주기로.

첫 아이들, 그리고 처음 졸업시키는 아이들의 이름은 교직 생활의 해가 거듭되어도 잊히기 어렵다고 들었다. 성인이 되어 찾아간 초등학생 담임 선생님은 내 얼굴을 보시고 이름을 선명히 불러주셨다. 약 10년이 지나 찾아뵈었음에도 첫 제자 이름을 기억하신 것이다. 나는 나중에 이 아이들의 이름을 얼마나 기억할까. 나도 운이 좋아 10년 후에 나를 찾아온 아이가 있다면 머릿속에서 버퍼링을 거치지 않고 반갑게 이름을 불러줄 수 있을까. 내 머릿속 기억 용량이 아이들의 이름을 다 담아둘 수 있을 만큼 충분했으면 좋겠다.

그러기 위해서 내 앞에 있는 아이들에게 최선을 다하기로 했다. '야, 너, 거기'라고 부르지 않고 이름 하나 하나 부를 때마다 그 아이를 기억하기로 했다. 6학년에는 나를 포함한 4명의 담임 교사와 각자의 이름을 가진 약 100여 명의 아이들이 있다. 내가 아이들의 이름을 불러주고 기억하려 하듯이 그들도 나중에 지난날을 회상하며 내 이름을 떠올려주기를 소망해본다.

공동의 규칙을 만들 수 있을까

6학년 교실은 4층에 있다. 매일 같이 4층 계단을 오르고 내린다. 교무실, 운동장, 연구실, 학습 준비물실 등 하루에 여러 번 이곳저곳을 방문한다. 그 과정에서 다른 학년 반을 지나가게 되고 마주친 아이들의 인사를 받는다. 아이들은 학년을 막론하고 복도에서 마주친 선생님께 인사를 하도록 가르침을 받았을 것이다. '인사를 잘하자'가 큰 글씨로 학급 환경 게시판에 붙여진 반도 있다. 나도 아이들의 인사에 화답하여 인사해준다.

그러나 반갑게 인사를 해주지 못하는 상황도 종종 있다. 복도를 뛰거나 계단에서 장난치는 아이 앞에서는 인사보다 생활지도가 먼저 이루어지기 때문이다. 4층 계단을 오르고 내리고 여러 교실로 발걸음을 옮기면서 이런 상황을 종종 마주하게 되는데 때로는 불러서 지도할 것인가 그냥 지나칠 것인가 고민하게 된다.

이처럼 교실 밖에서 다른 학년, 다른 반 아이들을 지도할 상황이 생기면 잠시 주저하게 될 때가 있다. 그 반 담임 선생님의 영역을 행여나 침범하는 것이 아닐까 하는 생각에서다. 특히나 신규 교사인 나로선 선배 선생님의 반 아이를 불러 생활지도를 하는 것에 대해 조심스러웠다. 담임 선생님의 교육관과 철학대로 자라나고 있을 아이일 텐데 내 가치관을 주입해도 되는 것일까 하는 의문이 순간 들었기 때문이다. 배려, 협동, 규칙준수 등 보편적인 가치함양이 필요하다는 의견에는 이견이 없겠지만 그것을 함양하는 방법이나 태도에서는 교사 나름대로 교육관에 따라 다소 차이가 있을 수 있다.

그 차이를 조금이나마 좁히기 위해 6학년 선생님들은 생활지도 전반에 대한 학년 규칙을 수시로 논의했다. 학급 운영에 있어서 담임 교사의 주체성과 재량을 보장하는 것이 초등교육의 장점 중 하나이지만 6학년 아이들은 이제 다른 반과 비교하며 주장을 내세우는 나이가 되었다. 다른 반과의 비교는 곧 선생님들 간 비교로 이어지고 이는 협력적인 교사-학생 관계를 기대하기 어렵다. 우리는 이와 같은 우려를 예방하고자 하였다.

그렇게 6학년 공동의 생활규칙으로 3월 한 달간 이름표 착용에 이어 '틴트 금지령'이 내려졌다. 그 당시 선생님과 아이들은 색조 화장품 틴트로 전쟁을 치르고 있었다. 청소년기에 접어들어 대중매체와 연예인의 영향을 많이 받는 여자아이들은 외모에 관심을 가지는 것이 당연했다. 아이들은 틴트를 선생님 몰래 학교에서 바르고 다녔다. 남자인 나는 진한 색이 아니면 틴트를 바른 입술과 그렇지 않은 입술을 구분하기 어려웠다. 하지만 나를 제외한 6학년 여자 선생님들은 귀신같이 그 차이를 찾아내고 있었다. 결국 6학년 아이들에게는 학교에 가져오지도 말자는 틴트 금지령이 내려졌고 나는 반발하는 아이들을 다독여야 했다.

"선생님이 학교 밖에서까지 하지 말라고 강요할 수는 없어. 적어도 학교 안에서는 우리 규칙을 잘 지켜보자. 할 수 있지? 믿는다 너희들."

"선생님 저 틴트 안 하면 완전 못났는데……."

이런 말이 돌아오자 틴트 같은 거 안 해도 너희들은 예쁘다는 말까지 덧붙였다. 4월에 접어들자 틴트는 학교에서 자취를 감추는 듯 보였다. 학년 초 불안정한 기류가 잠잠해진 것일까. 어느 날 학년협의회에서 6학년 부장님은 각 반에 불시 점검을 하자고 했다. 어찌 보면 소지품 검사. 썩 내키지는 않았지만 학년 다 같이하기로 했으니 의견을 따르기로 했다.

"자 우리 반, 아직 틴트를 가지고 다니는 친구 있을까? 있다면 솔직하게 선생님께 가져오자. 오늘은 아무 말도 안 할게."

28명의 아이들로 꽉 찬 교실이지만 그곳에는 나만 있는 듯 잠잠한 분위기가 공간을 채웠다. 그러나 아이들 사이에서 서로 눈치 보며 눈 굴러가는 소리는 선명하게 들리는 듯했다. 방금 전까지 나와 아이들은 웃으면서 즐겁게 수업했었는데. 우리의 관계에 브레이크를 걸고 싶지 않았다. 하지만 분위기는 곧 어색한 공기를 불러일으켰다.

"선생님을 속이는 게 더 나쁜 거 알지? 솔직할 수 있는 용기를 보여주자."

그러자 두 명이 서로 눈빛을 교환하더니 이내 민망한 표정으로 몸을 웅크리고 나와 틴트를 책상 위에 올려놓았다. 나는 약속대로 잔소리를 덧붙이지 않았다. 그럴 수 있지. 이해한다. 용기 내 줘서 고마웠다. 그러나 나는 아직도 눈을 굴리며 눈치를 주고받는 아이들을 관찰할 수 있었다. 의심은 가지만 강제로 가방을 열어젖혀 검사할 수는 없었다. 내 어릴 적은 가능했겠지만 오늘날 아이들의 사생활은 인권 아래 보호되어야 한다.

"좋은 말 할 때 잔소리 안 듣고 나한테 낼래, 아니면 2반 선생님(6학년 부장 선생님) 이따 우리 반 들어오시는데 2반 선생님한테 털릴래. 그때는 나 너희들 못 도와준다."

혹시나 하면서 웃으며 던진 말. 그러자 이제는 체념한 듯 하나둘씩 자신의 가방과 주머니에서 틴트를 꺼내더니 우르르 나와 내 책상 위에 올려두었다. 이런, 너희들을 믿었었는데. 실망한 마음이 표정으로 비치지 않게 안에서 억눌렀다. 나보다 2반 선생님을 더 무서워하는구나. 아이들에게는 '2반 선생님'이라는 단어가 내심 두려움으로 다가갔음이 분명하다.

우리 반에서 교사에 대한 존중 내지 권위가 내가 아니라 부장님께 전도된 것 같다는 느낌을 받았다. 내가 그동안 카리스마가 부족했던 걸까. 쉽게 속일 수 있는 선생님으로 보여진 걸까. 여태까지 빈틈을 많이 보여주었나. 아니면 엄격한 모습을 크게 내보이지 않아서 아이들이 쉽게 솔직해지지 않은 것인가. 어렵다 6학년. 내 책상에 놓인 십여 개의 틴트를 바라보니 생각이 많아진다. 교육적 효과를 기대하고 정한 학년 생활규칙이었는데 남는 것은 신뢰의 하락과 쓸쓸함이었다.

선배 선생님들은 아이들로부터 받는 상처에 무뎌져야 한다고 나에게 말해주었다. 하긴 모두가 정해진 약속을 빈틈없이 잘 지키면 교사의 역할이 존재할까. 아이들은 지금 시행착오를 통해 공동체 의식을 함양하는 과정 속에 있다고 생각하기로 했다. 서로 어색한 하루를 보내고 나니 내 책상 서랍에 들어있는 틴트들이 미웠다. 사실 어찌 보면 당연한 결과라고 생각했다. 공동규칙이라고 했지만 아이들의 의견 참여가 배제된 교사들이 정한 공동규칙이었으니. 규칙의 정당성에 대해서 아이들에게 충분히 설명하고 이해를 주문했어야 했는데 그러지 못했다.

중고등학교 학생 때 나는 대부분 학교에 있었던 규칙, 두발규정에 대해 쉽게 이해하기가 어려웠다. 그 정당성을 찾아보려고 했지만 그 어떤 선생님도 그 규정에 대해 명확한 설득이나 설명을 해주지 않았다. 두발규정을 잘 준수하는 학생이 학업성취도가 높다는 연구 결과가 나왔으면 모를까. 그 당시 선생님들은 '학생다움'이라는 모호한 정의로 논리를 펼쳤다. 학생이었던 우리는 따라야 했지만 속으론 볼멘소리를 지속적으로 해왔다. 물론 지금은 신체에 대한 자기결정성을 존중하며 두발규정이 예전과 같지 않다. 하지만 색조 화장품 소지를 금하는 내 모습이 과거의 그들처럼 아이들에게 비쳤을지도 모른다.

이처럼 어떤 사항이나 생활규칙을 만들 때 아이들과 교사, 각자의 의견 간 적절한 균형을 이루는 것이 어렵다. 매뉴얼이 나와 있는 것도 아니니 말이다. 민주적인 학급 운영이라는 명목하에 아이들의 입장에 크게 귀를 기울이면 그것은 교육적인 방향보다 그들의 개인적인 이익으로 향할 가능성이 있다. 반대의 경우도 마찬가지다. 아이들을 미성숙한 존재로 보고 교사의 의견이 대부분 옳다는 가정 또한 위험한 접근이다. 어떤 입장이 크게 반영되었든지 간에 규칙은 함께 정해야 할 것이고 서로 간 충분한 이해가 밑바탕 되어야 부작용을 줄일 수 있을 것이다.

　오죽하면 선생님들 사이에서도 현상을 바라보는 시선이나 태도, 그리고 그것을 해결하는 방법에 대해 각자마다의 의견이 존재하고 이견이 있을까. 5학년 선생님들은 5학년 아이들의 틴트 사용에 대해 크게 관여하지 않았다. 누가 보기에도 분명한 색조 화장된 입술인 경우, 말로 주의를 줄지언정 학년 공동규칙으로 정하거나 학교 내 소지를 금지로 만들지는 아니한 것이다. 이는 곧 5학년-6학년 학생 간 갈등을 초래했고 5-6학년 선생님들의 의견 조율을 필요로 했다. 물론 정해진 답은 없었기에 우리는 적절한 합의를 도출하지 못했다. 다른 학년, 다른 반은 그곳에 계신 선생님들의 교육관과 철학으로 운영되고 있을 터이니 존중되어야 마땅하다. 우리 학년에서 정한 규칙을 아이들에게 통일성을 갖게 해야 한다는 이유로 다른 학년에도 적용되어야 한다는 논리는 민주적이지 못하다.

공동규칙의 존재 이유가 규범의식과 공동체 의식을 함양시키는 것에 있다. 그 부분을 잊지 않아야겠다. 교사가, 어른이 바라보았을 때 못마땅하다고 판단되어 금하는 것이 아니라 사회적 규범을 습득하고 공동체로 들어가기 위해 아이들의 행동양식을 조절하는 것. 공동규칙의 기본 철학일 것이다. 어쩌면 가까운 미래에 초등학생들의 색조 화장품 사용을 하나의 놀이문화로 인식하는 사회적 시선이 주를 이룰지도 모른다. 규칙은 그 당시 사회의 규범을 반영하기에 절대적 진리가 아닐 수 있다.

그러므로 대화를 해야겠다. 아이들과 지속적인 대화를. 서로의 의견을 주고받으며 올바른 규칙이 있는 그 길로 안내해야겠다.

"얘들아, 선생님이 너희들 미워서 틴트 금하고 압수한 거 아니야. 선생님도 사실 어떻게 하는 것이 맞는 건지 모를 때가 있어. 그렇지만 너희들이 올바르게 자라줬으면 하는 선생님 마음은 알아줬으면 좋겠다. 틴트 같은 거 안 해도 예뻐 너희들은."

깨끗이 손 씻고 뛰지 않기

초등학교의 수업 시간은 40분이다. 교내에 울려 퍼지는 종소리를 통해 매 교시 수업 시작과 끝을 알린다. 4교시 수업이 끝나는 종소리가 채 울리기도 전에 아이들의 몸이 꿈틀거리기 시작한다. 종소리가 울리기 5분 전, 힐끔힐끔 시계를 보는 아이들이 많아지고 교과서를 이미 책상 서랍 넣은 아이도 보인다. 화장실로 가는 복도를 힐끔거리기도 하고 체육수업인 마냥 달리기 자세를 취하는 아이도 있다. 마침내 종소리가 울렸다. 점심시간이다.

급식실이 없는 우리 학교는 교실 급식을 한다. 각 반에서 정해진 급식 당번들이 급식차를 가지고 와 교실에서 배부하고 다 먹은 식기를 반납하는 시스템이다. 급식 당번들에게는 종소리가 울리기 약 3분 전 미리 손 씻을 수 있는 권한이 주어진다. 그래야 제 시간 안에 급식을 준비할 수 있기 때문이다.

"손 씻고 줄 서자."

학급 경영이 서툴렀던 나는 저렇게 간단한 표현으로 점심시간 준비를 알렸다. 그러나 아이들에겐 '손 씻고 선착순'으로 들렸음이 분명하다. 1등으로 밥을 먹기 위한 경쟁은 그 어떤 것보다 치열했다. 밥을 빨리 받고 먹어야 그만큼 놀 수 있는 점심시간이 많아지기 때문이다. 뛰어나가고 밀치고 당연히 서로 부딪힐 수밖에 없었다.

"선생님, 쟤가 저 밀었어요!"

"선생님, 얘 새치기해요!"

급식차가 도착하기 전부터 아이들이 날 찾는다. 누가 밀었고 누가 새치기했는지 투철한 신고 정신을 보여준다. 즐거운 점심시간이 갈등으로 얼룩지면 안 되지. 나는 얼마 후 '뛰지 않기' 조건을 추가했다.

"손 씻고 뛰지 않고 줄 서자."

뛰는 것은 확실히 줄었으나 1등으로 줄 서고 싶은 아이들의 마음은 줄어들지 않은 듯 보였다.

"선생님, △△가 손 제대로 안 씻고 물만 쓱 묻혀요!"

뛰진 않았으나 손에 물만 묻히고 1등으로 도착한 △△였다. 뛰지 말라 하니 비누칠을 생략하고 1등으로 줄 서려는 아이들. 나는 다시 얼마 후 '비누로 깨끗이' 조건을 추가했다.

"비누로 깨끗이 손 씻고 뛰지 않고 줄 서자."

이렇게 시행착오를 거쳐 내 최종 멘트가 완성되었다. 아마 경력이 있는 선생님이라면 처음부터 위와 같은 표현으로 점심시간 준비를 시작했을 것이다. 위생, 질서, 안전을 모두 담고 있는 표현이라고 생각한다. 아이들이 이와 같은 가치 덕목을 지키며 점심시간을 맞이했으면 좋겠다는 마음도 함께 있었다.

가끔은 모둠별 손 씻는 순서를 정하기도 한다. 화장실은 하나인데 6학년 1반부터 4반까지 모두가 같은 시간에 이용해야 하는 손 씻기 장소이기에 다른 반과의 충돌을 방지하기 위해서이다. '어느 모둠 자리가 제일 깨끗한가……' 아이들이 다 들을 수 있는 크기로, 그러나 혼잣말인 척 중얼거리면 10초가 채 안 되어 교실 바닥이 깨끗해진다. 아이들이 모두 손 씻고 줄을 서면 비로소 밥 먹을 준비가 된 것이다.

"나 이거 안 먹을래. 안 줘도 돼."

줄 서서 차례대로 음식을 받는 아이들 속에서 가끔 이런 말이 들린다. 특정 음식을 싫어하는 아이가 급식 당번 친구들에게 하는 말이다. 초등학생에게서 흔히 볼 수 있는 편식이다. 보건 선생님과 영양 선생님, 그리고 교과서를 통해 '성장기 아동에게 균형 잡힌 식사는 매우 중요하다.'라는 말을 자주 접했다. 때문에 나는 아이들을 설득해서 알레르기가 있지 않은 이상 모든 반찬을 최소 1개 이상 먹는 것을 약속으로 받아냈다. 약속을 받아내기까지 꽤 시간이 걸렸다. 균형 잡힌 식사의 중요성을 설명하고 '선생님이 너희 나이 때 편식해서 지금 내 키가 작은 거야(내 키는 168cm이다).'라고 다소 겁주기도 하면서 받아낸 약속이었다.

성인들도 음식에 대한 호불호가 있고 선호도에 따라 가리는 음식이 있을 것이다. 나 또한 좋아하는 음식과 싫어하는 음식이 있기 마련인데 아이들은 오죽할까. 그래도 나는 아이들 앞에선 골고루 다 먹는 모습을 보여주어야 한다. 아이들은 콩밥을 싫어한다. 사실 나도 그렇다. 콩밥이 나온 날이면 나는 아이들 앞에서 골고루 맛있게 먹는 연기를 완벽하게 소화해낸다.

잔잔한 음악이 흐르고 조용한 분위기에서 여유롭게 먹으면 얼마나 좋을까. 소화도 잘되고 편안한 식사를 즐길 수 있을 텐데. 하지만 교실은 레스토랑이 아니다. 잔잔한 음악 대신 아이들의 시끌벅적한 소리로 가득하다. 그런 분위기의 교실이기에 나는 음식을 입안에 넣고 떠드는 아이에게 주의를 주고 식사 도중 여러 가지 이유로 다투는 아이들을 중재하면서 밥을 먹는다. 그러다 보면 급식차를 보내야 할 시간이 온다. 아이들을 챙기다보면 내 식사를 온전히 할 수 없다. 나는 더 먹을 수 있는데. 저기 저 반찬들을 더 데려올 수 있는데……. 아쉽지만 식판 위에 있는 음식만이라도 한꺼번에 입으로 욱여넣고 급식차를 돌려보낸다.

밥을 다 먹은 아이들은 양치질을 하고 각자 맡은 구역을 청소한다. 예전에는 하루 일정을 다 마치고 종례하기 직전에 청소했던 것으로 기억나는데 오늘날은 점심시간을 활용해 청소를 한다. 요즘 아이들은 하교 후 바로 학원, 돌봄, 방과 후 교실 등의 일정이 있기 때문에 정각에 종례하는 것이 요구되고 이에 따라 청소시간은 점심시간을 활용한다는 선배 선생님의 설명이 있었다.

청소까지 마치면 비로소 아이들에게 자유시간이다. 운동장에 나가서 노는 아이들이 제일 많고 교실에서 보드게임이나 공기놀이를 하기도 하며 같이 학원 숙제하는 아이들, 그림 그리는 아이들, 도서관에 가서 책 읽는 아이들 등 각자의 자유를 맘껏 즐기는 모습을 볼 수 있다.

교사들에게도 약간의 자유가 허락되는데 아이들만큼은 못하다. 선생님들은 점심시간을 활용해 연구실 혹은 교무실에서 회의를 하거나 각종 위원회 모임을 갖는다. 혹은 자리에서 업무를 보거나 다음 수업을 준비하곤 한다. 물론 다 같이 연구실에 모여서 잠깐의 휴식 시간을 가지기도 한다. 그렇지만 나는 점심시간에 연구실보다 내 교실 자리를 더 선호한다. 자유가 아이들에게 허락되는 점심시간인 만큼 교실에서 아이들의 본모습을 좀 더 잘 지켜볼 수 있기 때문이다. 누가 누구랑 친하고 갈등 관계는 어떠한지, 우리 반 아이들의 또래관계를 살펴보려면 점심시간 이때의 관찰이 필요하다.

공무원의 복무규정에서 점심시간은 근무시간 외 1시간으로 보장되어 있지만 교육공무원인 교사에게는 예외다. 점심시간 1시간을 아이들에게 식사지도하는 근무시간으로 보기 때문이다. 퇴근 시간이 다른 공무원에 비해 빠른 이유도 여기에 있다. 따라서 나는 위와 같은 이유로 점심시간에 연구실에 있기보다는 교실에 있으려고 한다.

내가 자리에 앉아있으면 아이들이 말을 걸기도 하고 상담을 요청하기도 하며 이로 인해 그들의 이야기와 관심사를 들을 수 있다. 아이들과 더 친해지고 가까워질 수 있는 시간이다. 이처럼 점심시간은 학교에서 점심만 먹는 기능을 하지 않는다. 때로는 대화가 필요한 아이를 불러 상담하기도 하고 같이 게임하며 놀아주기도 한다.

그러다 보면 어느새 5교시를 준비하라는 예비종이 울린다.

그렇게 점심시간이 끝난다. 다시 수업해야 할 시간이다. 오후는 밥 먹고 나른하여 졸음이 오는 시간이므로 5교시는 좀 더 재미 요소와 활동적인 내용을 첨가하여 수업을 진행한다. 밥 잘 먹고. 양치질하고. 청소도 하고. 자유시간도 보내고 왔으니 다시 공부해보자 얘들아.

사라진 영어 교과서

영어 시간이다. 아이들을 영어 선생님께 보낸다. 수업 종이 울리기 전에 교과서를 챙겨 학습실로 안내한다. 아이들이 영어, 음악, 과학 등 교과 학습실에서 공부하고 있는 동안 우리 반 교실에는 잠시나마 고요한 평화가 찾아온다. 선생님들에게 평화는 곧 조용한 시간이다. 아이들에게 몰두했던 온몸의 신경 세포들을 쉬게 할 수 있기 때문이다. 40분의 평화 속에서 짧은 휴식을 취하고 업무 혹은 다음 수업 준비를 한다. 아이들은 없고 그들의 책가방만 의자에 걸쳐 있는 고요한 교실. 이처럼 전담 수업은 아이들에겐 학습 시간이지만 담임 교사에게는 휴식 및 수업 준비 시간이 된다.

이 시간이 왜 이렇게 빨리 지나가는지 모르겠다. 같은 40분 수업일 텐데 내가 수업할 때보다 시계가 빨리 움직이는 듯하다. 시간과 공간은 상대적이라는 아인슈타인의 상대성이론이 초등학교 교실에도 적용되는 걸까. 쉬는 시간을 알리는 종소리가 울리기 무섭게 아이들이 교실로 밀려 들어온다. 나는 밀물처럼 교실로 들어오는 아이들을 맞이했다.

"수업 잘 듣고 왔어? 별일 없었지?"

쉬는 시간엔 28명 모두 수다쟁이가 된다. 말수가 다소 적은 아이도 친한 친구와 짝을 이뤄 대화하기 바쁘다. 내용은 들리지 않지만 입꼬리가 올라간 걸 보니 무언가 재미있는 이야기를 하는 모양이다. 이러한 아이들의 수다스러운 데시벨을 뚫고 ○○이의 목소리가 들려왔다.

"선생님, 저 영어책 없어졌어요."

일주일 동안 못 찾아서 교과서 없이 영어 수업을 했단다. 물론 집, 가방, 책상 속, 사물함 모두 찾아보았지만 찾지 못했단다. 이름까지 써 놓았다고 했다. ○○이는 의심 가는 친구가 있지만 증거 없이 그 친구를 의심하고 싶지 않아서 일주일 동안 혼자 찾으러 다녔다고 한다. 종종 있는 학교 속 분실사고다.

분실사고일까. 그랬으면 좋겠다. 가장 좋은 시나리오는 ○○이의 개인적 공간에서 잃어버린 영어 교과서가 예상치 못하게 발견되는 것이다. 반면에 최악의 시나리오는 누군가 의도적으로 그것을 가져가서 숨긴 것. 그러면 이는 더 이상 분실사고가 아니라 도난사고가 된다. 어느 사회, 어느 공간이든 사람들이 집단을 이루는 공간에서는 사소한 도난사고 또는 분실사고가 일어나는 것 같다. 특히 연필, 지우개는 단골손님이다.

그러나 교육 현장에서는 도난물품이 작고 크고에 상관없이, 혹은 값어치의 높낮이에 상관없이 '사소한' 도난사고는 없다. 도난사고에 사소함이 있다라는 것을 초등학교 교실에서 인정한다면 바람직하지 못한 가치관을 은연중에 줄 수 있기 때문이다. 그러므로 나는 아이들에게 나타나는 도벽 현상에 있어서 엄격함을 유지해야 했다.

그러나 대처 방법에 대해서 나는 노련하지 못했다. 의심 가는 몇몇 아이들을 불러 물어보는 것도 조심스러웠다. 자칫 잘못하면 의심으로 시작된 불씨가 우리 사이에서 갈등으로 발화될 수 있기 때문이다. 영어 교과서가 없어진 것을 분실이 아닌 도난으로 정의 내린다면 우리 반 아이들 모두가 용의선상에 오른다. 의심이 꼬리에 꼬리를 무는 교실이 될 것이다. ○○이의 말처럼 내 아이들을 의심하고 싶지 않았다.

조금 전까지만 해도 전담 시간에 찾아온 평화를 누리고 있었는데. 한순간에 평화가 깨졌다. ○○이의 영어책과 함께. 내 정신도 깨지는 듯했다. 담임으로서 내가 어떻게 대처해야 알맞았을까. '모두 눈 감고 조용히 내가 했다는 사람 손드세요. 선생님이 비밀로 하겠습니다.'라고 말했어야 했나. 아니, 이제 이런 방법은 유효하지 않을 것이다. 고민에 잠긴 나를 깨운 건 아이들의 시끌벅적한 수다가 아닌 쉬는 시간이 끝났음을 알리는 종소리였다. 28명의 수다쟁이들은 다시 자기 자리를 찾아가 다음 수업인 국어 교과서를 책상 위에 올려놓았다. 아이들은 수업이 시작되었음에도 아무 말 없이 가만히 서 있는 내 얼굴을 빤히 쳐다봤다.

"얘들아, 지금 국어 시간이지. 국어 교과서가 없는 사람 있니?"

아무도 손을 들지 않았다.

"지금 국어 교과서 없다면 어떤 기분이 들까?"

아이들은 내 질문 의도를 아직 파악 중인 듯 쉽게 대답하지 못하다가 '당황스러워요.', '잃어버렸다면 속상할 것 같아요.', '혼자 아무것도 못해요.'와 같은 답이 돌아왔다.

"선생님이 생각했을 때도 좋은 기분은 아닐 거 같아. 다른 친구들이 공부할 때 나 혼자 가만히 있어야 되니까 말이야. 사실 교과서 없이도 공부를 할 수 있긴 한데 썩 유쾌한 기분은 아니겠지."

국어 시간에 무슨 이야기를 하는 건가 귀를 기울이는 아이들의 표정이 보였다. 한 명씩 눈을 마주쳤다.

"○○이가 영어 교과서를 잃어버렸대. 잃어버린 건지 누가 가져갔는지 우리는 알 순 없어. 혹시나 발견한다면 ○○에게 갖다주자. 만약 잠시나마 가져간 사람이 있다면 다시 돌려줍시다. 그러면 그 사람은 가져간 사람이 아니라 찾아준 사람이 되는 거니까."

잘 말한 건지 모르겠다. 민감한 사항에 대해서 아이들 앞에 공개적으로 말하는 것은 심리적 부담이 작용한다. 내 말에 집중하는 아이들의 시선이 내 몸을 짓누르는 것 같았다. 마치 대학교 때 확실히 이해하지 못한 내용에 대해 동기들 앞에서 발표하는 느낌이다.

내 말로 인해 아이들이 서로에게 의심의 시선을 보내지 않기를 바랐다. 그저 무언가 잃어버린 친구에게 관심을 가져주자는 메시지만 담백하게 담고자 했다. 내 의도대로 잘 전달되었는지 모르겠다.

"자 국어책 폅시다. 혹시나 앞으로도 수업 시간에 책이 없는 친구가 있는지 우리 반에서 서로 잘 살펴 봐주고. 옆 사람은 기꺼이 같이 보자고 말해주는 용기도 가져봅시다."

국어 수업을 이어갔다. ○○이의 영어 교과서는 끝내 나타나지 않았다. 나는 여분의 영어 교과서를 ○○이에게 주었다. 사라진 영어 교과서의 행방은 아무도 모른다. 그저 아이들이 내가 해준 말을 듣고 자신의 양심과 도덕성을 만들어가고 있다고 믿을 뿐이었다.

교무실, 교실, 그리고 연구실

공간은 사람을 담는다. 학교는 아이들을 담고 교무실은 교사를 담으며 교실은 교사와 학생 모두를 담는다. 사람이 오기에 그 공간은 그 나름의 존재 가치를 가진다고 생각한다. 아무도 찾지 않고 사용하지 않는 교실은 유휴 교실로 남아있을 뿐이다. 교사와 아이들은 학교 내의 여러 공간에서 하루를 보내고 그렇게 한 해를 살아간다.

학교 내 대표적인 공간인 교무실은 초등학교에서 그리 크지 않다. 중고등학교라면 하루 수업을 마친 교사들이 교무실 본인의 자리에 찾아가기 마련이지만 초등학교 교사의 본래 자리는 교실이다. 때문에 음악, 체육, 영어 등 특정 교과를 담당하는 교과전담 교사가 아닌 이상 담임 선생님들은 아이들을 집으로 보내고 반에 남아있는다.

그렇다고 초등학교에서 교무실의 존재 이유가 사라지는 건 아니다. 교무실은 교감 선생님과 교무부장님, 그리고 행정 실무사님이 학교 교육과정과 업무에 대해 총괄하고 운영한다. 각 학년 부장 교사들의 회의 장소가 되기도 하고 각종 위원회가 열리기도 하며 외부 손님이나 학부모를 맞이하는 공간이기도 하다.

담임 교사의 자리인 교실은 아이들과 함께 있을 때 교육의 장이 되고 아이들이 집에 가면 업무의 공간이 된다. 학교의 한해살이 업무가 많고 다양하기에 각각 나눠서 맡는다. 공문을 확인하고 요청되는 자료를 제출하며 행사 및 교육 프로그램 계획을 기안 올리는 것이 보통의 업무이다.

교실이 교육의 장에서 업무의 공간으로 변하면 아이들의 시끌시끌한 웃음소리가 언제 있었냐는 듯 고요함만 남는다. 그렇게 혼자 있는 교실로 내선전화가 오면 대부분 교무실이나 행정실에서 온 전화이다. '네, 6학년 4반 담임 윤희상입니다.'라고 전화 받는 내 모습을 보면 교사가 아니라 사무직에 종사하고 있는 착각을 불러일으킨다.

교사의 공간이라고 하면 교무실과 교실 외에 연구실이 있다. 학년 연구실이라고도 불리는 이곳은 이름처럼 각 학년에 한 개씩 배정된다. 각 학년 선생님들을 위한 공간이다. '연구실'이라는 정체성을 찾으려는 듯 그곳은 각 교과의 교과서와 지도서가 배치되어 있다. 학습자료를 출력하고 복사하기 위한 컴퓨터와 복합기도 필수적이다. 교재연구를 하며 수업 아이디어를 공유하는 등 공동의 작업을 하는 공간이다.

학년 행사를 준비할 때면 연구실은 회의실이 된다. 현장체험학습 차량 이동 순서, 체육대회 종목 선정, 흡연예방교육 날짜 정하기, 전담 교과 시간표 조율, 학부모 총회 준비 등. 각 반의 상황과 선생님들의 의견을 고려하여 올바른 결정을 하는 공간이기도 하다.

1교시 시작 전과 점심시간 때의 연구실은 커피 한잔할 수 있는 카페이다. 한쪽에는 교과서와 지도서, 반대쪽에는 다양한 종류의 커피와 차가 학년 회비로 구비되어 있다. 커피를 안 마시는 나는 코코아로 대신하여 잠시나마 선생님들과 티-타임을 가진다. 학교 밖의 주제로 이야기가 시작되지만 결국엔 반 아이들과 학교에 대한 주제로 마무리되는 선생님들의 티-타임이다.

이러한 카페 분위기와 대조적으로 연구실이 짐을 쌓아두는 창고 역할을 할 때가 있다. 학기 초 아이들에게 배부될 교과서, 학년 예산으로 공동으로 구매한 학습 준비물, 체육대회 준비 교구 등이 쏟아지는 날이 있는데 그럴 때가 되면 물품이 도착하자마자 일단 연구실에 차곡차곡 쌓아놓는다. 교사의 인력이 역부족일 때는 아이들의 도움을 받아 이삿짐센터를 열기도 한다.

연구실이 아이들을 위한 공간이 될 때도 있다. 다양한 이유로 각 반에서 1대1 상담이 필요한 아이가 있으면 이곳은 상담실이 된다. 상담 내용이 민감하거나 다른 아이들이 들었을 때 영향을 받는 경우 조용히 따로 불러내어 연구실에서 아이의 이야기를 들어줄 수 있다. 또한 교사로서 아이에게 1대1로 해줄 수 있는 말을 전해주는 장소가 되기도 한다.

아이들이 하교한 오후의 연구실은 휴식 공간으로서 성격을 가진다. 점심을 제대로 못 먹었을 때 간단한 음식을 먹을 수 있다. 또는 몸이 안 좋거나 유난히 피로가 쌓인 날이면 연구실 소파에서 선잠을 자기도 한다. 잠깐 쉬려고 들어갔을 때 옆 반 선생님이 아이와 진지한 상담을 하는 것을 보면 그대로 조용히 나오면 된다.

초임이었던 나는 학년에서 제일 막내이기도 했고-사실 학교 전체에서도 막내였지만-연구실이 우리 반과 제일 가까웠으므로 연구실의 문단속을 담당했다. 연구실과 가장 가까운 교실은 좋은 입지조건을 가진 반이다. 무슨 일이 생겼을 때 반 아이들이 나를 금방 부를 수 있고 복합기 사용에 대한 접근성이 높으며 연구실 창문을 통행 우리 반 아이들을 볼 수 있기 때문이다.

그렇게 연구실은 다양한 성격을 가진 공간이다. 그곳은 연구실이라는 명칭의 어감에서 느껴지는 딱딱한 공간이 아니라 필요에 따라여러 모습으로 변한다. 다만 연구실이 그저 '교사들이 쉬는 곳'이라는 휴게의 성격에 너무 치우치지 않도록 경계해야 할 필요는 있다고 생각한다.

갈등 없는 교실은 없다

나는 우리 반 아이들에게 모두 친하게 지내라고 요구하지 않는다. 사이좋게 지내지 말라는 뜻이 아니다. 내 옆에 앉은 친구, 앞뒤에 있는 친구, 다른 모둠에 있는 친구들끼리 사이좋게 잘 지내면 얼마나 좋겠냐마는 이는 이상적인 세계에 존재할 것이다. 28명 아이들 각자는 본인을 제외한 27명의 또래들과 매일 하루를 교실에서 함께 살아간다. 모두가 나와 같을 수 없다. 성격, 가치관, 흥미, 특기 등 서로 다른 27명 하고 소통하는데 그곳에서 갈등이 없길 바라는 것은 불가능에 가깝다.

어른들도 서로 모두 긍정적인 관계를 형성하고 유지하는 것이 어려운데 아이들은 오죽할까. 교사들 또한 학교에서 모든 구성원들과 사이좋게 지내기 어렵다. 만약 가능했다면 사회 속에서 범죄나 사회문제가 발생하지 않았을 것이다. 친한 친구 사이에서도 갈등이 일어나기 마련인데 나도 못하는 것을 아이들에게 요구하고 싶지 않았다.

27명의 친구들과 모두 가깝게 지내는 방법이 있긴 하다. 자기주장을 줄이고 상대방 의견에 순응적으로 반응하며 참는 것이다. 그러나 나의 목소리, 나의 색깔을 내지 않으면서 다른 사람과 좋은 관계를 유지하는 것이 과연 맞는 것인지 의문이 든다. 겉보기에는 좋은 관계를 형성하고 있는 것처럼 보일지 몰라도 건설적인 관계는 아닐 것이다.

교실 속 갈등은 필연적이다. 학생-학생, 학생-교사 사이에서 날마다 다른 이유로 크고 작은 갈등이 발생한다. 친구의 태도가 맘에 들지 않아서, 약속을 지키지 않아서, 내 자리에 쓰레기를 두어서, 기분 상하게 하는 언어를 사용해서 등 다양한 갈등이 교실에 존재하고 우리는 그 갈등과 함께 살아간다. 갈등 없는 교실은 없다.

이러한 교실 속 갈등을 항상 막아야 하는 것은 아니다. 아이들 사이에서 일어나는 갈등을 긍정적인 신호로 바라보아야 할 때도 있다. 서로의 세계를 이해하며 자신의 생각을 조절해가는 과정이기 때문이다. 견딜 수 없을 만큼 지나치게 많으면 곤란하겠지만. 나는 우리 반 아이들에게 모두 사이좋게 지내라고 말하지 않는 대신 친구와의 갈등을 올바른 방법으로 해결하라고 강조한다.

몇몇 선생님은 다툼이 있는 두 아이를 불러 순식간에 화해시킨다. 두 사이에 있었던 갈등이 금방 증발하는 것 같다. 하지만 조금만 더 가까이 살펴보면 교사는 '서로 사과하고 악수해.'라는 명령어를 통해서 아이를 행동하게 만든 것임을 알 수 있다. 둘 사이에 어떤 일이 일어났는지, 어떤 상황이었는지, 갈등의 원인 요소는 무엇인지, 각자의 입장은 무엇인지 귀를 기울여 들어보지 않고 화해시키는 것이다. 이해할만하다. 친구와 다투고 볼멘소리로 '선생님!' 하면서 이

르러 온 아이들을 매일같이 봐 왔을 터이니.

하지만 이렇게 한다면 사이좋은 학급 분위기를 형성할 수 없을뿐더러 올바른 갈등 해결 방법을 가르치기 어려울 것이다. 교사는 감정적으로 대처하는 것을 스스로 자제하고 아이들 각자의 입장을 무덤덤하고 담백하게 들어주어야 한다. 이렇게 머리로는 알고 있지만 실천으로 옮기기 여간 쉽지 않다. 갈등을 중재하고자 불렀으나 바로 내 앞에서 실시간으로 언쟁을 주고받는 그들을 보면 나 또한 언성을 높이게 된다. 정신 차려보면 신경질적인 목소리로 '둘 다 조용히 안 해?'라고 말하는 내 모습을 발견할 수 있다. 한숨을 내쉬고 눈을 질끈 감는 표정까지 더한다. 그리고는 나중에 다시 둘을 불러 '선생님이 아까 신경질적으로 말해서 미안해.'라고 사과한다. 초보 선생님 반에서 고생이 많다 얘들아. 너희들이 서로 미워하는 모습을 보기 싫어서 그랬어.

차라리 아이들의 갈등이 이렇게 겉으로 드러내면 다행이다. 눈으로 보여지기에 상황을 지켜보고 내가 개입할 타이밍을 찾을 수 있기 때문이다. 반면에 겉으로 드러나지 않는 아이들 간 은밀한 관계적 갈등은 알아차리기도 어려울뿐더러 섣불리 접근할 수 없다. 삼삼오오 무리를 지어 다니는 6학년에게서 눈빛, 말투, 태도 하나하나가 의도적이든 의도적이지 않든 갈등의 메시지가 담길 수 있다. 다툼이 뒷담화가 되고 이는 곧 편 가르기가 되며 나아가 관계적 폭력으로까지 이어질 수 있다. 이를 예방하기 위해서 나는 아이들을 바라볼 때 늘 조심하고 예의주시해야 했다.

그러던 중 같이 다니는 ○○와 △△가 서로 말도 섞지 않는 모습이 눈에 들어왔다. 둘 사이에 무언가 갈등이 있다는 뜻이겠지. 그날 수업을 하고 점심 먹는 내내 담임으로서 신경이 쓰였다. 하지만 섣부른 개입은 불씨를 키울 수 있기에 둘을 불러서 자초지종을 물어보지 않았다. 부회장 □□를 통해 둘의 갈등을 간접적으로나마 알아볼 뿐이었다.

"□□야, 저 둘 화해시키려면 선생님이 어떻게 하면 좋을까?"

"음, 제 생각에는 일단 지켜보는 게 좋을 것 같아요."

우리 둘의 대화는 속삭이는 목소리로 이루어졌다. 나도 □□의 말에 동의했다. 옆에서 모른척하며 묵묵히 지켜보기로 했다. 다음 날 그 둘은 함께 등교하며 교실에 나타났다. 아이들의 관계는 계속해서 이처럼 엉켰다가 풀리곤 한다. 다투다가 화해하고, 멀어지다가 언제 그랬냐는 듯 가깝게 지낸다. 그렇게 또래관계망은 엉켰다 풀렸다의 연속이었다. 나는 끝내 ○○와 △△를 불러내 둘 사이에 무슨 일이 있었는지, 어떻게 해결했는지 물어보지 않았다. 아이들 스스로 갈등 해결 방법을 찾고 관계를 회복한 것이라고 믿었다.

반면에 내가 가만히 지켜볼 수 없는 상황이 찾아오기도 한다. 아이들이 먼저 상담을 요청하는 경우가 그렇다. 상담은 방과 후 교실 또는 점심시간 교사연구실에서 은밀하게 이루어져야 했다. 상담 내용이 다른 아이들에게 노출되면 예상치 못한 또 다른 오해가 아이들 사이에서 퍼져나갈 수 있기 때문이다. 그러나 명확한 해결책은 아이에게도, 나에게도 없다. 이렇게 저렇게 해보라고 해결 방법을 제시하기가 무척이나 조심스럽다. 그저 들어주기만 할 뿐이다. 무언가 명확한 방법을 듣길 기대했을 텐데 그러지 못해줘서 미안했다. 그럼에도 선생님한테 말하니까 위안이 된다고 말해주는 녀석들이었다. 들어주기만 했을 뿐인데 위안을 받았다니. 그런 말을 해줘서 고맙다 얘들아.

아이들이 나와의 상담에서 말해주는 개별적인 이야기, 그리고 내가 바라본 교실 속 장면을 통해서 우리 반 또래망은 얽히고설켜 있다는 것을 알 수 있었다. 꼬인 실을 억지로 풀려고 하면 더 엉키기 마련이다. 심지어 서로를 이어주는 끈이 끊어질 수도 있다. 때로는 상담을 요청하는 아이들의 또래관계 고민을 들어주는 것만으로도 아이들에게 위안을 주는 것 같다. 이제 선생님도 내 마음을 알고 있다고 생각하기 때문일까.

관계를 회복하는 방법에 대해 매뉴얼이 딱 정해져 있었으면 좋을 텐데. 정해진 답이 없기에 나와 아이들은 서로 간의 갈등 속에서 끊임없이 고민하며 교실에서 하루를 살아간다. 그래도 그 고민하는 것 자체가 관계를 회복하고자 하는 의지의 증명이었다.

모두가 가깝고 친하게 지내기는 어렵다. 아이들도 어른도. 어른도 못하는 것을 너희는 하라고, 모두 다 친하게 지내라고 강조하고 싶지 않다. 갈등은 맞춰가는 과정이고 서로를 이해하는 시간이다. 다

친하게 지내지 않아도 좋다 얘들아. 다만 서로 다툴 때, 기분 상함을 주고받았을 때, 갈등이 있을 때 현명하게 해결해보자. 너희들은 할 수 있다. 6학년이니까.

'선생님 같다'라는 말

 다른 선생님들은 모르겠지만 나는 '선생님 같다.'라는 말은 그렇게 좋아하지 않는다. 그렇지만 모순적이게도 나는 아이들을 가르치는 선생님이다. '선생님 같다.'라는 문장에서 묘사되는 선생님은 무언가 고지식하고 딱딱할 거 같고 융통성이 없는 모습으로 그려진다.

 하지만 저 문장에서 표현된 이미지와는 반대로 초등학교에는 다양한 전공과 강점을 지닌 선생님들이 존재한다. 그림을 그리면서 사회 수업을 전개하는 선생님, 연극을 도덕 수업에 활용하는 선생님, 다른 나라 교실과 실시간 화상 수업을 시도하는 영어 선생님 등 각자의 전공과 장점을 살려 교육에 적용하고 계신다.

 초등교육은 인간의 모든 자질을 조화롭게 육성한다는 전인교육의 특성을 가지고 있다. 때문에 초등학생을 가르치는 교사는 각 교과에 대한 넓은 기초지식과 수행 역량이 요구되는 것 같다. 따라서 교육대학교에서는 이에 알맞게 우수한 교사 양성을 위해 다양한 강의를 진행한다.

 흔히 국영수사과로 불리는 주요 교과내용학은 물론이고 예체능에서도 다양한 실기를 배운다. 체육 교과에서는 배드민턴, 농구, 배구, 핸드볼, 기계체조, 이어달리기, 스키, 골프. 음악 교과에서는 단소,

장구, 대금, 리코더, 지휘법, 화성학. 미술 교과에서는 소묘, 한국화, 추상화, 인물화, 풍경화, 사진학, 미술사조 등 배워야 할 영역이 넓다. 이에 비례하여 증가하는 팀플, 과제, 시험은 덤이지만.

　교육대학교에 처음 입학하고 배운 수업이 앞구르기와 뒤구르기였다고 말하면 믿을 사람이 있을지 모르겠다. 구르기를 배우는 이유는 초등학교 체육 교육과정에 있기 때문이다. 학교 현장에서 아이들에게 가르쳐야 할 수도 있기에 예비교사로서 수행과정을 익혀두어야 하는 것이다. 사실은 수행과정뿐만 아니라 지도법까지 익혀야 하지만. 우리나라 최고 고등교육기관인 대학교에서, 고등학교 3년 동안 열심히 공부하고 들어온 대학교에서, 그곳에서의 첫 수업이 구르기라니.

　그 수업은 체조 국가대표 상비군 출신의 교수님께서 지도하셨는데 체육복을 입은 나와 내 동기들은 여기저기서 '악', '으악', '나 좀 잡아줘.'하며 곡소리를 내고 있었다. 특히 생존수영이 초등학교 교육과정에 필수로 들어온 이후부터 교대생인 우리도 수영 실기와 지도법을 배워야 했다. 1학년 수업으로, 그것도 '전공필수'로 지정된 수영 과목. 교사의 길을 가고자 했던 우리는 아직 가깝게 친해지지 않은 동기들과 수영복을 입고 수영장에서 물을 먹었다.

　1학년이 구르기와 수영을 하고 있을 때 2학년은 가방에 리코더와 단소를 넣어 다니며 강의실을 이동한다. 음악 교과서에 나오는 곡 정도는 리코더로 연주할 수 있어야 한다. 3학년이 되면 곤충의 성충 과정을 살펴보기 위해 배추흰나비를 키우고 콩벌레를 잡아 관찰하기도 하며, 밤에는 운동장에 돗자리 깔고 누워 별자리를 따라 그리기도 한다. 모두 교육대학교에 개설된 정규 과목이다.

이렇듯 초등학교 교사는 교육대학교에서 다양한 학문과 분야를 접한다. 그렇기에 그 배움의 깊이가 각자 깊을 수도 얕을 수도 있다. 여러 분야를 '넓고 얕게' 배우는 것 같지만 교수님들은 '넓고 깊게' 가르치고 싶어 하시는 것 같다. 이러한 점으로 인해 교사의 길에 회의를 느끼는 교대생도 있고 다양한 것을 배울 수 있어 좋다는 교대생도 있다. 나는 다행히도 후자에 속하는 학생이었다.

교육대학교 시절 한 교수님은 '교사의 다양한 경험은 세상을 바라보는 학생들의 시각을 넓힌다.'라고 말해주셨다. 좁은 교대에서 지내는 학생들을 안타깝게 보셨는지 연애도 해보고 밖으로 나가보고 다양한 동아리, 대외활동과 해외여행도 다녀오라고 하셨다. 그 말의 의미를 교육 현장에서 느끼고 있다. 교사가 겪었던 경험을 이야기해주면서 학생들의 호기심을 불러일으킬 수 있고, 여행가서 찍은 사진은 사회 수업에 동기유발 자료로 쓰이며, 보고 듣고 느낀 것을 수업에 녹여낼 수 있음을 깨닫는다.

이와 같은 맥락으로 생긴 직업병이 있다. 학교 밖 일상에서 접한 무언가가 있으면 어떻게 수업에 활용할 수 있을까 하는 자동적인 생각이 든다. 아마 대부분의 초등학교 선생님들이 비슷한 직업병을 가지고 있을 것이다. 휴대폰 카메라 편집 어플을 미술 수업에서 명

도와 채도의 개념을 설명할 때 사용해볼까. 오늘 저녁 뉴스 내용을 조금 쉽게 다듬어서 다음 주 국어 토론수업 주제로 설정하면 나쁘지 않을 것 같은데. 저번에 다친 손가락 흉터를 보여주면서 안전의 중요성을 한 번 더 강조해야겠다. 스파게티 면을 모서리로, 마시멜로를 꼭짓점으로 설정하면 수학에서 나오는 정육면체 입체도형을 만들 수 있을 것 같은데.

이렇듯 일상의 소재를 수업의 재료로 쓰는 것은 아이들을 가르치면서 생긴 직업병이자 습관인 것 같다. 직장에서의 삶과 일상을 분리하면 좋다고 이야기하곤 하지만 퇴근하면서 내일 수업은 어떻게 풀어나갈지 생각하는 나였다.

획일적이고 단일적인 교육과정이면 아이들의 경험은 그 속에서 한계를 가지기 마련이다. 그렇기 때문에 국가교육과정은 학교 교육과정으로, 학교 교육과정은 다시 학급 교육과정으로 담임 교사의 재량에 알맞게 풀어나간다. '교사 교육과정'이라는 용어도 여러 경험을 겪어온 교사들의 자율성을 인정하여 아이들에게 모두 똑같은 경험이 아닌, 서로 다르고 다양한 경험을 주고자 나타난 단어인 것 같다.

그렇기에 초등학교에는 '선생님 같다.'라는 표현에 나타난 정형화된 선생님이 아닌 다양한 색깔의 선생님들이 존재한다. 음악을 하는 선생님, 연극을 하는 선생님, 체조를 하는 선생님, 학급 경영을 잘 이끌어 나가는 선생님. 각자의 강점을 살려 교육에 녹여내고 있다.

나도 내 강점을 찾아내고 있는 중이다. 내 경험이 개인적인 경험으로 묻어두지 않고 교수님의 말씀처럼 아이들의 시각을 넓히는 역할이 되었으면 좋겠다. 좋은 경험을 전달해주고 싶고 아이들과 좋은 경험을 함께 겪고 싶다.

행복해지려고 공부합니다

5대륙 6대양

여름과 겨울에 따른 태양의 남중고도

마름모의 정의

공판화 기법

rit. 기호에서 연주법

위의 개념은 모두 초등학교에서 가르치는 내용들이다. 차례대로 사회, 과학, 수학, 미술, 음악 교과에 담겨 있다. 이는 초등학교 교육과정을 밟은 사람이라면 배운 적이 있다는 뜻이다. 초등학교를 졸업한 중고등학생과 성인 중에서 위 5개의 내용을 올바르게 설명할 수 있는 사람은 얼마나 될까. 만약 모두 설명하기 어렵다면 이는 가르친 선생님의 역량이 떨어져서라기보다 일상생활에서 자주 사용하지 않기 때문이라는 설명이 보다 더 설득력을 가질 것이다.

매일 같이 공부하고 각 교과에서 요구하는 숙제와 수행평가를 하고 있는데. 학교에서 배우는 학습 내용이 일상생활에서 자주 사용하지 않는다면 그것을 배워야 하는 정당성에 의문을 가질 수밖에 없다. 아이들도 종종 수업 중 이걸 왜 해야 하는지 이해가 안 간다는 표정으로 묻는다. 공부를 하기 싫어서라기보다 정말로 궁금해서다.

"선생님 이건 왜 배워요?"

"이거 알면 나중에 얻다 써먹어요?"

"이거 몰라도 사는 데 아무 지장 없을 거 같아요."

맞는 말이다. 태양의 남중고도가 어떤지 몰라도 여름과 겨울을 잘 보낼 수 있고 공판화 기법을 알지 못해도 삶에 크게 지장이 오지 않는다. 또한 rit. 기호에서 연주를 잘하지 않아도 사람들은 즐겁게 음악을 들을 수 있다. 아이들도 이러한 점을 잘 알고 있기에 공부에 대한 의문을 가지는 것은 어찌 보면 당연했다.

역으로 아이들에게 물었다. 너희들이 생각하기에 우리는 공부를 왜 해야 하는지. '대학 가려고요.', '돈 잘 벌려고요.', '내가 하고 싶은 걸 하려고요.'라는 대답이 나왔다. 같은 질문을 2년 전 4학년이었던 이들에게 던졌을 땐 '공부 잘하면 엄마가 닌텐도 사준대요.' 같은 대답이 나왔었는데. 그때의 4학년 아이들은 이제 대학, 돈, 진로를 생각하는 6학년이 되었다.

나는 보다 더 궁극적인 질문을 던졌다. 우리 이왕 태어난 김에 이 세상에서 살아가야 하는데 어떻게 살고 싶은지. 대부분 아이들이 행복하게 살고 싶다고 했다. 그래, 삶은 행복을 찾아가는 여정이야. 행복한 삶을 살기 위해서는 무엇이 필요할까? 가족, 사랑, 우정, 직업, 능력 등이 아이들 입에서 나왔다. 그러면 그것을 이루려면 무엇이 필요할까? 이렇게 몇 차례 꼬리를 물며 같은 질문을 이어나갔다.

결국 아이들의 입에서 '공부를 해야 한다.'라는 말을 들을 수 있었다. 행복한 삶을 살기 위해서 우리는 공부를 해야 한다는 결론에 도달한 것이다.

앞에서 언급한 각 교과의 5개 개념을 몰라도 일상 속에서 잘 지낼 수 있지만 그럼에도 초등학교에서 가르치는 것은 그것이 사용되고 필요시 되는 사회집단이 있기 때문일 것이다. 아이들이 나중에 어떤 진로를 택할지, 어떤 직업을 가질지, 어떤 사회집단에 속할지 모르는 상태에서 나는 아이들을 담당하는 선생님으로서 다양한 세계의 지식을 조금씩 경험시키게 해주어야 했다.

그래서 나는 행복하기 위해 공부한다는 결론에 덧붙여 이 공부를 왜 해야 하냐는 아이들의 질문에 '시식 코너'에 비유하여 설명해주곤 했다. 음식을 맛보고 그 음식을 구매해서 더 먹을지 말지 결정하는 것은 그 사람에게 달렸듯이 각 교과의 지식을 조금씩 맛보고 그 길로 갈지 말지는 너희들에게 달린 것이라고. 그리고 지금 우리가 초등학교에서 여러 과목을 배우고 있는 것은 국어, 수학, 사회, 과학, 영어, 음악, 미술, 체육, 도덕의 맛을 조금씩 맛보고 있는 것이라고. 너희들은 나중에 어떤 사람이 될지 모르고 이 뜻은 달리 해석하면 무엇이든 될 수 있는 존재이니 초등학교에서 조금씩 맛보는 거라고 설명해주었다. 내 꿈, 내가 가는 길이 점점 명확해지면 그곳에서 필요한 지식을 먹으면 된다 얘들아.

과학 수업을 마치고 교실로 들어오는 ○○이의 표정을 보니 무언가 불만족스러운 표정이다. ○○이의 얼굴을 통해 과학 수업에서 실험을 망쳤거나, 과학 선생님께 꾸중을 들었거나, 학습 내용이 재미가 없었음을 짐작했다.

"○○야. 오늘 과학 맛 어땠어?"

"맛없었어요. 썼어요."

"그래도 편식하지 않고 수업 잘 듣고 왔네. 고생했어."

음식에도 각자의 선호와 취향이 있듯이 교과목에도 호불호가 갈린다. ○○는 과학을 싫어했지만 반대로 과학을 좋아하는 아이도 있다. 아이들은 그렇게 각 교과의 지식을 맛보면서 자신에게 쓰고 단 지식이 무엇인지 배우고 있었다. 이들이 졸업해서 상위학교로 진급할 때, 그리고 자신의 정체성과 진로를 찾아 나가는 과정에서 어떤 길을 택할지 현재로서는 알 길이 없다. 무엇이든 될 수 있는 아이들. 그렇기에 어떤 과목이든 그 안에 담긴 지식과 내용을 가르친다. 그리고 아이들은 행복하기 위해서 오늘도 나와 공부를 한다.

우리가 뜨개질을 하는 이유

매일 걷는 출근길에 쌀쌀한 기운이 감돌기 시작했다. 학교를 향하면서 기온이 낮아진 걸 느끼고 옷을 더 껴입은 아이들도 발견했다. 2학기를 시작한 지 얼마 안 지났다고 느껴졌는데 벌써 겨울이 오는 걸까. 날짜를 보고 12월을 마주하는 날이 곧이라는 것을 깨닫자 시간이 흘러가는 그 빠른 속도에 새삼 놀랐다. 시간은 나를 기다려주지 않는다는 말이 맞는 것 같다. 한 해를 약 한 달 남짓 남긴 시점이라고 특별히 해야 할 것은 없었다. 그저 하루하루 내 앞에 보이는, 내 곁에 있는 아이들에게 최선을 다할 뿐이었다. 그 하루들이 축척됨에 비례하여 연말과 함께 추위가 올 것이고 점점 우리들의 옷차림은 패딩과 코트로 무장될 것이다. 크리스마스 즈음에 아이들은 책가방, 실내화에 더하여 목도리와 장갑을 매일 가지고 다닐지도 모른다.

그래서 우리는 목도리를 만들기로 했다. 6학년 선생님과 아이들 모두 각자 하나의 목도리를 완성하기로. 실과 '가정생활과 안전' 단원에 등장하는 뜨개질이다. 그해 6학년 수업의 마지막 프로젝트였다. 교육대학교에서 실과교육론을 배울 때 '설마 초등학교에서 뜨개질을 할까.'라고 생각했던 그 설마이다. 말로만 들었던 겉뜨기와 안뜨기를 마주하게 되다니. 아이들이 잘 할 수 있을까에 앞서 내가 잘 가르칠 수 있을까에 대한 의문이 먼저 들었다. 그렇지만 옆 반 선생님은 대바늘 한번 잡아본 적 없는 나에게 '제가 선생님 가르쳐 드릴게요.'라며 나를 인도했다. 교사는 가르치는 사람이지만 그러기 위해서 배우는 사람이기도 하다. 학생에게 배우고 동료 교사에게 배운다, 교사는 완벽하지 못한 존재이기에 그 누구에게나 배울 수 있다. 동료 선생님들이 있었기에 대바늘을 잡고 겉뜨기를 시작할 수 있었다. 그리고 나 또한 아이들을 독려하고 그 뜨개질 세계로 초대하기로 했다.

실뭉치들을 담은 상자가 하나씩 연구실에 도착했다. 그레이, 베이지, 와인색의 실뭉치들은 목도리로 탈바꿈하기 위해 대바늘과 손길을 기다리고 있었다. 나는 수업을 마치고 아이들을 집으로 보낸 후 선생님들과 연구실에 남았다. 그곳에서 목도리를 뜨개질하는 방법에 대해 연구했다. 가르치기 위해서는 우선 내가 배워야 했다. 가르치는 자는 배움을 게을리하지 않는다는 모교의 교포가 떠올랐다. 어설프게 가르치면 오류를 심어줄 수 있기에 안 가르침만 못하다.

"얘들아, 우리 앞으로 뜨개질을 같이 만들어 볼 거야. 목표는 크리스마스까지. 내가 만든 목도리를 내가 써도 좋고 부모님이나 감사한 분들에게 연말에 선물해도 좋으니까 우리 모두 하나씩 만들어봅시다."

아이들은 경험해보지 못한 세계에 대해 호기심을 가졌다. 실뭉치

색상 고르기부터 경쟁이 치열했고 계속해서 날 찾아와 질문하는 학구열을 보였다. 너희들 언제 이렇게 질문과 발표를 잘했니. 6학년 교실은 공방을 이루었다. 쉬는 시간만 되면 돌아다니고 떠들썩한 수다쟁이들이었는데. 수업이 끝남과 동시에 책을 집어넣고 뜨개질을 꺼냈다. 각자 자기 자리에서 혹은 삼삼오오 모여 목도리 만들기에 골똘했다.

그러나 그것도 잠시. 단순 반복 작업에 금방 실증을 느낀 아이들은 하나둘씩 포기 선언을 했다. 한번 엉키면 다 풀고 다시 시작하는 것에 지친 것이다. 아이들의 감정과 분위기는 서로 간에 쉽게 전이되기에 한 명의 포기 선언은 교실 전체를 삼켰다. 처음에 한 줄씩 완성돼가는 것에 재미를 느꼈다면 이제는 완성까지의 길이 멀게 느껴졌을 것이다.

"선생님 저 이거 안 하면 안 돼요?"

"목도리 그냥 사면 되잖아요."

"선생님 뜨개질은 왜 하는 거예요?"

회의감 속 질문들이 다가왔다.

"글쎄, 뜨개질을 하는 이유……. 나만의 목도리를 만드는 것도 좋지만 그 과정에서 인내심을 기르기 위해 하는 것이지. 이 작은 목도리를 만들 때 겪는 어려움보다 나중에 더 큰 어려움을 견디기 위해 인내심을 기르는 거지."

뜨개질을 하는 이유에 대해 명확하게 설명해주지 못했다. 그저 깊은 생각을 거치지 않고 즉흥적으로 내뱉은 말이었는데 아이들에게 어떤 의미로 와닿았을까. 곰곰이 생각하는 아이들의 표정을 보고 너희들이 이걸 할 수 있다면 앞으로 더 어려운 것도 할 수 있다는 말을 덧붙여서 해주었다. 6학년. 너희들은 할 수 있다. 이건 아무것도 아니야.

입으로는 이야기를 재잘거리고 양손은 부지런히 움직이는 우리 반 아이들에게서 마침내 목도리 하나가 탄생했다. 노작 활동에 흥미를 느낀 ○○가 묵묵히 겉뜨기를 이어가더니 첫 번째로 완성한 것이다. 너비가 고르지 못하고 실들의 간격도 제각각이지만 나에게는 정말로 예쁜 목도리로 보였다. 할 수 있음이 증명되자 포기하려고 했던 분위기는 역전되었다. 하나둘씩 자신의 목도리를 목에 두르는 아이들이 나타났고 일찍이 완성한 그들은 다른 친구들의 뜨개질을 도왔다.

내 책상은 AS를 요청하는 아이들의 뜨개질들로 쌓여갔다. 하나씩 살펴봐 줄 때마다 엉키고 삐져나온 실을 통해 아이들이 얼마나 고군분투했는지 엿볼 수 있었다. 잘 안될 때마다 어려움을 느끼고 짜증도 났을 텐데 그 작은 목도리를 완성하기 위해 노력한 흔적이 실과 바늘에 남겨져 있었다. 기특한 너희들, 그래 그렇게 하면 된다.

목도리와 함께 마침내 12월이 왔다. 하루하루 묵묵히 그날에 최선을 다해 살아오고자 했다. 최선을 다하지 못했다면 반성을, 그 반성을 통해 다시 최선을 다하는 선생님이 되고 싶었다. 매일 반복되는 학교로의 발걸음, 그리고 수업, 아이들과의 생활. 하나씩 쌓여가 12월을 맞이한다. 반복되는 겉뜨기가 묵묵히 축척 되어 목도리를 만들듯이 나는 학교에서의 삶을 아이들과 함께 뜨개질하고 있었을지도 모르겠다. 겨울이 지나 봄이 오면 이 아이들은 더 이상 초등학교로 나오지 않을 것이다. 나중에 떠올렸을 때, 우리의 함께 했던 날들이 목도리처럼 마음을 따뜻하게 감싸는 추억이 되길 소망해본다.

USB에 모두 담지 못하는 이야기

선생님의 잃어버린 USB를 공개수배 합니다.
보상 : 과일 젤리 5개

인터넷 검색으로 내 USB와 같은 모델의 사진을 찾아 위와 같은 문구를 적었다. 그리고 누구나 볼 수 있는 학급 게시판에 게시했다. 과일 젤리 1개에 발표력이 급상승하는 우리 반 아이들인데 과일 젤리 5개라니. 그만큼 절실했다.

1년 중 선생님이 제일 바쁠 때가 언제냐고 하면 단연 학년 말이다. 한 해 동안 성장한 아이들의 생활기록부 입력 시즌이기 때문이다. USB에는 생활기록부에 입력할 우리 반의 모든 것이 담겨 있었다. 수업 자료에서부터 학급 경영 자료, 아이들에 대한 수행평가 기록, 상담일지까지. 이대로 USB를 떠나보내면 생활기록부의 꽤 많은 부분을 다시 작성해야 했다.

이 녀석이 어디로 갔을까. 이미 내 자리 주변부터 주머니 가방까지 살펴보았지만 나타나지 않았다. 숨바꼭질을 잘하는 USB는 그렇게 우리 반에서 공개수배가 되었다. 아이들은 그 게시물을 보자마자 교실 곳곳을 샅샅이 뒤지기 시작했다. 바닥에 낮게 웅크리는 아이, 칠판 아래 사물함을 파헤치는 아이, 쓰레기통을 뒤적거리는 아이 등 28명의 탐정은 쉬는 시간마다 USB를 찾기 시작했다. 사실은 과일 젤리 5개를 찾고 있었겠지만.

"선생님 잠시만요. 선생님 자리 좀 볼 수 있을까요?"

"가장 최근에 본 적이 어딘지 기억하세요?"

"잠시 선생님 사물함 좀 살펴봐도 될까요?"

틈만 나면 나는 육사반 탐정들에게 취조를 당했다. 내 자리 주변 어딘가에서 발견될 거라고 생각한 아이들. 내 책상과 의자, 사물함은 이미 아이들에게 압수수색 당하고 있었다. '형사님 저 아니에요. 진짜 모른다고요.'하면서 맞장구를 쳐준 나였다. 그렇게라도 USB가 나와 주면 고마울 따름이었다. 떠나간 연인을 생각하는 마음이 이런 것일까. 다시 내게로 돌아오면 잘해주겠노라고 다짐했다. 있을 때 잘하라더니. 있을 때 백업이라도 해둘걸.

며칠 후 내 곁을 떠나간 그것은 다시 내게로 돌아왔다. 교무부장님께서 교무실에서 주웠다는 말과 함께. 교무실에 왔다 갔다 하면서 떨어뜨렸나 보다. 그래도 운동장이나 출퇴근 길이 아닌 교무실에 떨어뜨려서 다행이다. 얘들아 아쉽지만 과일 젤리 5개는 교무부장 선생님께 갔단다.

그렇게 돌아온 이 작은 친구와 함께 다시 야근이 있는 한주가 시작되었다. 생활기록부에는 학생들에 대한 여러 가지 내용을 기록한다. 수행평가 결과, 각 교과 학습 발달 사항, 창의적 체험활동 특기

사항, 봉사내용, 행동 발달 특성 사항 등 한 명 한 명 다른 내용으로 생기부를 채워 넣어야 한다.

이 시기쯤 되면 교사 커뮤니티나 선생님들 사이에서 생기부에 쓸 만한 표현들이 공유되곤 한다. 뚜렷한 특성이 보이지 않는 아이에게는 '교우관계가 원만하며-'라든지 '기본적인 생활습관이 잘 형성되어 있고-'로 표현되는 경우가 많다. 나는 최대한 그런 색깔을 보이지 않으려고 다분히 애썼다. 한 해 동안 만나면서 가르치고 배우고, 지지고 볶고 함께 성장한 것은 사실이지만 그것을 문장으로 나타내는 것은 쉽지 않았다. 어떻게 몇 문장을 통해 그 아이의 특성을 정의 내릴 수 있을까. 그렇기에 아이들에게 쓸 한 문장 한 문장마다 고민을 담는다.

잃어버렸던 USB처럼 내가 그 아이에 대해 놓친 모습이 있진 않을까 고민이 많았다. '수학에 흥미가 있으며'라고 쓰면서 사실은 흥미가 없는데 수치로 표현된 수학 점수에 내가 잘못 판단하고 있는 건 아닌지. '교우관계가 원만하고'라고 쓰면서 사실은 친구들 사이에 나름의 어려운 갈등을 겪고 있을지도 모른다. 그저 겉으로만 보이는 것을 판단 기준으로 삼을 뿐이었다. 아마 내가 좀 더 경험이 많거나 내 작은 USB 크기와 같은 아이들의 작은 부분을 좀 더 세심하게 관찰했더라면 더 많은, 더 좋은 모습을 아이들한테서 볼 수 있었을 텐데.

그러면서 내 학창 시절 생활기록부는 어땠는지 찾아보았다. 아무래도 고등학교에서는 대학 입시의 영향으로 인해 담임 선생님들이 가능한 좋게 써주는 경향이 있다. 초등학교 또한 마찬가지다. 초등학생은 아직 미완성된 존재, 따라서 성장 가능성이 충분한 존재로 바라본다. 때문에 최대한 긍정적인 부분을 표현하고 발전 가능성을 언급하라는 권장사항이 있을 정도다.

생활기록부를 어떻게 써야하는 건지, 무엇이 맞는 것이 모르겠다. 나는 그저 최대한 '선생님이 보기에 너는 이런 학생이라고 생각해. 그리고 넌 앞으로 더 잘할 수 있을 거야.'라는 메시지를 생활기록부에 담아주고자 했다.

아이들이 자신의 가치와 가능성을 생활기록부 종이 한 장에 가둬두지 않았으면 좋겠다. 학부모들 또한 생활기록부에 표현된 수행평가 성적(매우 잘함, 잘함, 보통, 미흡)이나 특정한 단어, 문장 하나에 큰 의미를 부여하지 않기를 희망한다. 종이 한 장과 USB 한 개에 담기에 아이들 각자의 이야기는 용량이 너무 크다.

내일의 너는 오늘보다 빛날 거야

졸업 날까지 D-10

칠판 모퉁이에 적힌 디데이 숫자가 점점 줄어들더니 이내 졸업식이 10일 남았음을 알렸다. 하얀 분필로 적힌 숫자 10은 이별을 준비하라고 말하고 있었다. 6학년 한 해를 보내고 다음 해 1월, 다시 교실에서 만난 우리는 이제 열네 살의 아이들과 스물일곱의 담임이었다. 매년 이맘때쯤 이 아이들과 안녕을 노래하다 봄의 기운과 함께 학교에서 다시 만났었는데. 이제는 3번째 이별을 준비해야 했다. 그리고 이번엔 봄의 만남을 고대할 수 없다. 아이들은 중학교로, 나는 군휴직을 내고 사회복무로. 그렇게 각자에게 새롭게 주어지는 역할의 길로 가야 했기 때문이다.

디데이가 0을 표시하는 그 날까지 교사의 역할에 최선을 다하기로 했다. 졸업식을 만들기 위해 일찍이 28명 각자의 이야기를 담은 생활기록부를 입력하고 중학교 입학 원서를 검토했다. 중학교에 올려보내기 위해 해야 하는 6학년 담임으로서 마지막 업무다. 교사가 되고 나서 이렇게 많이 야근한 적이 있었을까. 오로지 6학년 교실 4개 반이 어두운 저녁임에도 불구하고 학교 건물에서 불을 밝히고 있었다.

"졸업식 날에 보통 선생님들도 우나요? 눈물 나오면 어떻게 하죠?"

"에이 졸업식 날에 누가 울어. 혹시 유치하게 우는 사람 없겠지? 우리 예쁘고 멋진 모습으로 학교 올 텐데 창피하게 질질 짜지 말자고."

6학년 부장 선생님이 내 질문에 웃으면서 답했다. 아이들을 처음 졸업시키는 초보 교사인 나를 안심시키려는 듯한 목소리. 덕분에 준비하면서 긴장을 풀 수 있었다. 이것이 선배 교사의 여유인가. 그러나 졸업식이 끝나고 마주한 부장 선생님의 얼굴은 눈물로 뒤덮여 있었다. 자기가 제일 많이 울 거였으면서.

졸업식 준비하는 기간에 퇴근하는 길 밤 풍경은 추웠다. 집으로 향하면서 마주한 건물들이 평소와 다르게 삭막하게 느껴졌다. 문득 홀로 이별을 준비하는 기분이 들어서 쓸쓸한 기분까지 들었다. 그러나 학교 교문을 나와 도착한 집에서도 노트북을 부여잡으며 졸업식을 준비해야 했다.

나는 아이들뿐만 아니라 학교 선생님들에게도 안녕의 인사를 해야 했다. 졸업식 이후 사회복무를 위해 훈련소에 들어갈 예정이니 21개월간 복무를 마치고 돌아오면 교직원 구성원은 바뀌어 있을 것이다. 어찌 보면 동학년 선생님들과도 보내는 마지막 하루, 졸업식이다.

결국 졸업식의 날이 왔다. D-0. 디데이 숫자에 0이 표시된 날이 온 것이다. 누구는 이날을 기다려왔고 누구는 오지 않길 바랐던 날. 그날은 평소와는 다르게 무척 이른 아침을 맞이했다. 그리고 평소 복장과는 다른 정장을 꺼내 입었다. 학부모 총회나 공개수업 때도 입지 않았던 정장인데. 아이들이 정장 입은 모습 보고 싶다고 해도 불편하다는 이유로 입지 않았었던 정장. 이날만큼은 잘 차려입은 모습을 보여주며 안녕을 말하고 싶었다.

출근 시간보다 1시간 일찍 도착한 학교는 아직 이른 새벽 공기가 가시지 않았다. 새벽에서 아침으로 넘어가는 그 특유의 하늘색 풍경이 학교의 배경을 이루었다. 건물 안으로 들어서 아직 불이 켜지지 않은 현관과 복도를 지나자 그날 아이들과 마지막으로 함께 있을 6학년 4반 교실에 도착했다. 그리고 내 눈에 들어온 것은 불이 켜져 있는 우리 반과 함께 교실 창문에 붙여진 '선생님 너무 감사해요'라는 아홉 글자였다.

우리 반 아이들 몇몇이 교실로 들어서는 나를 반겨주었다. 내가 일찍 와서 너희들을 맞이하려고 했었는데. 나보다 일찍 온 아이들은 새벽부터 교실을 가랜드와 풍선으로 장식하며 졸업식의 아침을 맞이하고 있었다. 마지막까지 나에게 가르침을 주는 우리 반 아이들이다. 그런 모습을 보고 있자니 비로소 큰 걱정 없이 중학교로 올려보낼 수 있겠다는 생각이 들었다. 우리는 그날이 학교에서의 마지막, 이별의 날임을 알고 있었음에도 그 사실을 애써 직면하지 않으려고 무의식 속으로 넣은 채 서로를 향해 웃었다.

창문 밖 배경색은 점점 밝아져 햇빛이 학교를 비췄고 초등학교에서의 마지막 등교를 하는 6학년 아이들의 모습이 창문 너머 보였다. 칠판에 '내일의 너는 오늘보다 더 빛날 거야.'라고 쓰인 플래카드가 교실로 들어서는 이들을 맞이했다. 어제까지만 해도 교실은 나와 아이들로만 채워진 공간이었는데. 자녀의 졸업하는 순간을 함께 하러 오신 학부모들과 가족들로 교실이 채워졌다. 공개수업 때도 이렇게 떨리지 않았건만. 시간이 다가오자 괜히 물만 반복적으로 마셔댔다. 매일 봐왔던 아이들의 얼굴이 내 앞에 있는데 왜 이들 앞에서 떨리는 걸까. 나는 내 긴장감을 애써 나타내 보이지 않으려고 노력하며 졸업식 행사를 시작했다.

보통의 졸업식처럼 우리 학교는 영상 시청 후 졸업장 및 상장 수여 순으로 진행되었다. 모니터에는 아이들의 1학년 입학했을 때 사진과 현재의 사진을 대조적으로 연출한 동영상이 흘러나왔다. '너희들이 이만큼이나 컸다.'라는 메시지를 담고 싶어 만든 영상이다. 몸은 확실히 자란 건 알겠고. 마음도, 지성도, 인성도 6년 동안 자라왔기를 바랐다. 이어서 한 해 동안 6학년의 추억이 담긴 영상이 재생되자 눈물을 글썽이는 아이가 몇몇 보였다. 아 벌써 울면 안 되는데. 너희가 울면 나도 운단 말이야.

초중고 졸업식 풍경을 회상해보면 공로상, 학업 우수상, 개근상 등 상장을 주고받는 데 꽤 많은 시간이 할애된 것 같다. 나와 6학년 선생님들은 우리의 어릴 적 졸업식처럼 상 받는 학생들만의 축제가 되지 않았으면 했다. 모두가 주인공인 하루를 선물하고 싶었다. 때문에 우리는 준비과정에서 아이들 각자 자기 자신에게 주는 상을 수여하는 시간을 식순에 포함시켰다.

"자, 우리 각자 자신에게 주는 상을 만들었는데 이제 그 상을 수여하도록 하겠습니다. 번호부터 이름을 부를 테니 차례대로 나오세요."

중학교에 입학하는 상상, 6학년 4반을 회상, 밥상, 책상, 정상, 신상, 윤희상 등. 센스와 재치가 담긴 아이들의 상 이름. 각자 그렇게 졸업식 분위기를 재미있게 만들고 싶었을 것이다. 가장 지루하게 느껴질 수 있었던 상장 수여를 아이들은 자신만의 색깔대로 만들고 있었다. 그래, 너희 모두가 주인공이다.

내가 담임으로서 아이들에게 할 말을 전해주는 차례가 왔다. 마지막 종례이다. 사실 준비를 안 했다. 편지를 써서 읽을 법도 한데 인위적일 것 같은 생각에 그 순간 내 감정과 생각을 담담히 전해주려고 했다.

"6학년 4반 28명 모두 한 해 동안 고생 많았습니다."

그리고 말을 이어야 하는데 역시나 찾아오는 졸업식 특유의 이별 분위기는 목을 메이게 만들었다. 알 수 없는 감정이 목을 조여와 목소리를 내기 어려웠다. 왜 그렇게 미안했던 것만 생각이 나는지. 차마 내 눈앞에 있는 아이들을 똑바로 쳐다볼 수 없어서 고개를 떨궜다. 교사는 학년 초에 아이들에게 사랑한다고 거짓말하고 마지막엔 정말로 사랑하게 된다고 하더니. 사랑하는 사람들과의 이별은 초보 교사인 나에게 견디기 힘든 경험이었으리라. 방금까지만 해도 우리 같이 웃고 있었는데. 졸업식 현장은 웃음과 눈물의 반복이었다.

웃음에는 홀가분함, 대견함, 기쁨, 기대, 설렘, 자랑스러움의 감정이, 눈물에는 미안함, 고마움, 아쉬움, 슬픔의 감정이 담겨 있었을 것이다. 졸업은 '마치다.'의 의미를 가지고 있지만 반대로 새로운 시작을 알리는 단어이기도 하다. 우리의 웃음과 슬픔은 대조적인 그 의미를 졸업식에서 잘 표현해주고 있었다.

"선생님이 잘해주지 못해서 미안해. 선생님도 선생님이 처음이라, 나도 6학년이 처음이라 그랬어. 중학교 가서는 나보다 더 좋은 선생님을 만나기를 바랄게. 사랑한다."

떨리는 목소리로 한 글자 한 글자 꾹꾹 눌러 토해내었다. 그 과정이 힘들었지만 꼭 말하고 싶었던 것을 전해주고 싶었다. 오늘이 지나면 말할 기회가 없기 때문에. 말하지 않고 후회하는 것보다 낫다. 붉게 충혈된 두 눈은 그때의 내 감정을 증명해주고 있었다. 우리는 사진을 찍고 서로의 길을 축복하며 안녕을 말했다. 학교 건물과 운동장에는 졸업식을 끝났음을 알리는 노래, 영화 어바웃타임 OST 'How Long Will I Love You'가 흘러나왔다.

6학년 선생님들은 학년 초 아이들을 잘 빚어서 올려보내야 한다고 이따금 얘기하곤 했다. 한 해 농사를 잘 지어보자며 다짐했던 3

월의 어느 날도 머릿속에서 스쳐 지나갔다. 자식 농사가 아닌 선생님들에 의한 6학년 농사. 지난 한 해는 교실에서 초등학생 아이들을 키우는 농사였다. 예쁘게 빚고 열매를 맺히고자 땀을 흘린 나날들이었다.

어찌 그 과정에서 따뜻한 햇빛만 있을 수 있을까. 우리는 비가 오는 날, 바람이 세차게 부는 날도 한 공간에서 견디고 이기며 지내왔다. 수업을 이어갈 수 없을 정도로 다 같이 웃음이 터진 날, 서로에게 마음이 상한 날. 기쁨, 화남, 슬픔, 분노, 감동 등 유쾌하거나 씁쓸했던 감정이 어우러져 있던 교실. 그곳에서 모든 계절을 같이 맞이하며 도착한 오늘, 나와 아이들의 관계는 애증의 관계가 된 것 같다. 사랑과 미움이 동시에 있는. 그러나 사랑이 미움보다 조금이나마 더 많았으면 하는 바람이다.

아이들이 좋아 초등학교 교사가 되고자 했고 학교에 발을 들여놓음과 동시에 4학년 때의 이 아이들을 보았다. 두 번째 해에 체육 교사로 함께했고 그다음 해 6학년 담임으로 함께 살아가면서 3년간 동고동락의 마침표를 찍는다. 그러나 그 마침표는 다시 반점이 되어 현재진행형의 이야기가 이어질 것이다. 해가 거듭될수록 나에게 오는 아이들이 있을 것이고 그 아이들에게도 할 수 있는 최선과 노력을 다하고자 한다. 지치지 않았으면 좋겠다. 사회복무를 마치고 학교로 돌아갔을 때 날 기억하고 찾아와주는 아이들이 있다면 내 농사는 실패하지 않았으리라. 내 교직 생활의 존재 이유는 그곳에 있다.

'내일의 너는 오늘보다 더 빛날 거야.'

* 지구를 위해 친환경재생지를 사용합니다.

선생님도 선생님이 처음이라

초 판 1 쇄 2021년 9월 3일
초 판 3 쇄 2024년 3월 25일
지 은 이 윤희상
펴 낸 곳 하모니북

출판등록 2018년 5월 2일 제 2018-0000-68호
이 메 일 harmony.book1@gmail.com
전화번호 02-2671-5663
팩   스 02-2671-5662

ISBN 979-11-6747-010-2 03810
© 윤희상, 2021, Printed in Korea

값 15,000원

이 도서의 국립중앙도서관 출판예정도서목록(CIP)은 서지정보유통지원시스템 홈페이지
(http://seoji.nl.go.kr)와 국가자료공동목록시스템(http://www.nl.go.kr/kolisnet)에서 이용
하실 수 있습니다.